Lucian Müller

Leben und Werke des Gaius Lucilius

Eine litterarhistorische Skizze

Lucian Müller

Leben und Werke des Gaius Lucilius
Eine litterarhistorische Skizze

ISBN/EAN: 9783743311558

Hergestellt in Europa, USA, Kanada, Australien, Japan

Cover: Foto ©Raphael Reischuk / pixelio.de

Manufactured and distributed by brebook publishing software (www.brebook.com)

Lucian Müller

Leben und Werke des Gaius Lucilius

LEBEN UND WERKE

DES

GAIUS LUCILIUS.

EINE LITTERARHISTORISCHE SKIZZE

VON

LUCIAN MÜLLER.

LEIPZIG.
DRUCK UND VERLAG VON B. G. TEUBNER.
1876.

Vorwort.

Der wesentliche Inhalt dieses Schriftchens wurde bereits während des Sommers 1873 in dem hiesigen Journal des Ministeriums der Volksaufklärung veröffentlicht. Gleichzeitig bestand aber die Absicht, der russischen Bearbeitung auch eine deutsche folgen zu lassen.

Ich darf hoffen, dass dieser Aufsatz, so anspruchslos er sich giebt, Manchem willkommen ist. Nicht jeder Philologe hat in unserer vielbeschäftigten Zeit hinlänglich Musse (auch wenn Wille reichlich vorhanden ist) sich durch ein lateinisch geschriebenes Werk von einigen hundert Seiten hindurchzuarbeiten. So ist es denn kaum zu verwundern, dass selbst in den litterar-historischen Versuchen über Lucilius und seine Werke noch wenig von dem Einfluss meiner Ausgabe verspürt wird.

Unter solchen Umständen schien es opportun, in schlichter Darstellung ein Bild zu geben von Leben und Werken des Lucilius, genau so, wie es sich vorgestellt hatte dem Geiste des Gelehrten, welchem die Stimme des philologischen Publicums längst die Restauration der Fragmente des Lucilius zugewiesen hatte, und der auch, wenn man dem beinahe einstimmigen Urtheil der Kritiker glauben darf, die Erwartungen nicht ganz getäuscht hat.

Wenn die vorliegende Abhandlung im Wesentlichen nur die Resultate meiner Ausgabe des Lucilius wiedergiebt, so bietet sie doch einiges Neue. Zumal war es mir angenehm, mich über die Anfänge der römischen Satire und ihre Entwicklung bis auf Lucilius gehörig aussprechen zu können. Zu völliger, über jeden Zweifel erhabener Evidenz wird sich freilich keine der verschiedenen Ansichten über Ursprung und Fortgang der Satire während der republikanischen Zeit bringen lassen, aus demselben Grunde, der so viele Probleme der römischen Litteratur und der lateinischen Sprache zumal bis auf Cicero's Zeit als kaum lösbar erscheinen lässt, ich meine,

wie man leicht sieht, den Mangel an geeignetem Material,
ohne welches in der Wissenschaft eben so wenig, wie im
Leben, ein solides, gegen alle Eventualitäten Schutz gewährendes Gebäude aufgerichtet werden kann.

Hauptsächlich ist die vorliegende Arbeit natürlich für
Philologen bestimmt. Vielleicht liest auch dieser oder jener
nichtzünftige Freund des klassischen Alterthums meine Untersuchung über eine der merkwürdigsten Erscheinungen der
römischen Litteratur nicht ungern. Für diesen Fall habe ich
einzelne Bemerkungen beigefügt, die speciellen Fachgenossen
gegenüber unnöthig wären.

Um noch ein Mal auf die Kritiken meiner Ausgabe des
Lucilius zurückzukommen, so darf ich mit Rücksicht darauf,
dass diese Arbeit eben so wenig als meine Metrik auf die
specielle Gunst der Zeitgenossen berechnet war, im Ganzen
sehr zufrieden sein. Ganz haben sich dem Eindruck des Werkes
nur wenige Beurtheiler entzogen.

Dagegen bedaure ich im Interesse der Sache aufrichtig,
dass man meine Warnung, sich jetzt in gleicher Weise, wie
so oft früher geschehen ist, durch vorschnelles Conjectiren an
Lucilius zu vergehen, so wenig beachtet hat. Ich habe S. 45
der Quaestiones Lucilianae so freimüthig, wie nur irgend
möglich, bekannt, dass ich selbst an vielen Stellen der
Fragmente im Zweifel bin, ob es mir gelungen sei, die Worte
des Dichters herzustellen. Wenn ein Gelehrter, der sich
12 Jahre, beinahe ohne Unterbrechung, mit den so mässig
umfangreichen Fragmenten eines Autors beschäftigt hat,
schliesslich zu solchem Geständniss sich genöthigt sieht, wie
sehr muss dieses Anderen, denen nicht entfernt die gleiche
Continuität der Studien zu Statten kommt, Vorsicht und Besonnenheit einschärfen. So wäre es denn wohl am besten
gewesen, wenn man für einige Zeit die Probleme, deren der
Text des Lucilius noch genug bieten mag, bei Seite gelassen,
die unzweifelhaften Resultate meiner Recension, deren auch
mit Abzug alles Streitigen noch genug sind, einfach verwerthet hätte. Dies ist nicht geschehen. Im Gegentheil
steht zu fürchten, dass Lucilius in ähnlicher Weise zu Experimenten der Conjecturalkritik dienen wird, wie Lucretius
nach der Ausgabe Lachmann's. Ich rathe deshalb noch ein
Mal dringend zur Behutsamkeit! Was mir bisher von derartigen Versuchen bekannt geworden ist, grossentheils von

wenig berufenen, der Schwierigkeit ihrer Aufgabe gar nicht bewussten, theilweise gar Zöglingen der Berliner Schule, der die lateinische Philologie, mit Ausnahme von Inschriften und Antiquitäten, allmälig ganz unverständlich zu werden scheint, kann mich lediglich in dieser Ansicht bestärken. Auch wird eine Conjectur nicht besser, wenn sich ihr Autor selbst das Zeugniss ausstellt, dass sie eine Emendation sei*). — Ich gebe gern zu, dass unter den Luciliana, die meiner Recension gefolgt sind, neben einzelnen sachlichen Berichtigungen auch einige ingeniöse Vermuthungen sich finden. Aber weit überwiegend ist die Zahl der Einfälle, für die bekanntlich Fragmente weit ergiebigeren Spielraum bieten, als vollständig erhaltene Schriftwerke. Wer genauer zusieht, erkennt leicht, dass die Behandlung von Fragmenten die schwierigste Aufgabe der philologischen Kritik bildet. Man kann es deshalb wenig billigen, dass sich in neuester Zeit an diesen Theil unserer Wissenschaft mit Vorliebe jüngere Kräfte gemacht haben.

Den unangenehmsten Eindruck von Allem, was gegen Lucilius geschrieben ist, hat, um dies beiläufig zu sagen, mir der Aufsatz bereitet, den Herr C. M. Francken zu Groningen im ersten Bande der kürzlich neu erstandenen Mnemosyne S. 237 flgg. publicirt hat. Wenn gegen irgend Jemand, war ich gegen diesen Bearbeiter des Lucilius mit grösster Schonung verfahren; man sehe S. 29 und 30 der Quaest. Lucil. Und wie vergilt es Herr F.? Dadurch, dass er in einem langen, schon dem Titel nach ungehörigen Aufsatz mich und meinen Lucilius mit Unbilden überhäuft. Es ist mir unmöglich, auf denselben weiter einzugehen. Mag Herr F. in seinen Arbeiten zu Lucilius hier und da eine sachliche Frage in beachtenswerther Weise behandelt haben: im Uebrigen beweist er kaum etwas Anderes, als wie fremd ihm die alte Latinität ist. Wie so oft, geht auch hier mit der Unzulänglichkeit

---

*) Dass dies u. a. einer meiner Schüler, Herr Emil Bährens, gethan hat, der einen kürzlich im Rh. M. publicirten Aufsatz „emendationum Lucilianarum dodecas", oder wie er schreibt, „duodecas", betitelt, bedaure ich im Interesse des Verfassers aufrichtig. Wenn Hr. B., der leider auf dem besten Wege ist, sein schönes Talent durch Vielschreiberei und Ueberhebung gründlich zu ruiniren, erst einsicht, dass nicht der Titel den Werth einer Arbeit, sondern der Werth einer Arbeit den Titel bestimmt, wird es ihm auch klar werden, dass, wer noch im Stande, so bekannte Worte wie „fateri" und „convincere" zu verwechseln, wie es ihm bei Behandlung des Fragmentes II, 2 begegnete, nicht reif ist, im Lucilius zu conjiciren, geschweige zu emendiren.

Ueberhebung Hand in Hand. Bekennt doch Hr. F. gleich zu Anfang, dass er beabsichtigt habe (ohne dass man bisher von seinen Leistungen innerhalb des Latein etwas wusste), eine Ausgabe der Fragmente des Lucilius, des nächst Plautus, oder neben Plautus, schwierigsten Problems der lateinischen Philologie zu publiciren, und zwar zur Widerlegung der Ansicht, die ich in der Geschichte der klassischen Philologie in den Niederlanden geäussert habe, dass die Studien des Latein gegenwärtig an den dortigen Universitäten darniederliegen, oder, wie er sich in seinem Latein ausdrückt: „neminem nunc in hac regione exstare probabiliter Latine peritum", und dass er nur durch die Furcht, keinen Verleger neben mir finden zu können, abgeschreckt sei. In Wahrheit bieten seine, wie seines Freundes Boot, Arbeiten auf dem Gebiete des Latein den evidentesten Beweis für meine Behauptung. Es haben eben die heutigen Latinisten Hollands so wenig die Vorzüge der älteren Latinisten dieses Landes, deren letzter Peerlkamp gewesen ist, zu wahren gewusst, als sie von dem neuen Aufschwung der lateinischen Studien in Deutschland seit den letzten 50 Jahren profitirten. Man gestatte mir als Probe der Franckenschen Luciliana einen Satz abzudrucken. Hr. F. giebt als den Grund, weshalb er sich über das Lob, das ich ihm gelegentlich gespendet habe, sehr mässig gefreut, folgendes an: „noveram ex libro de re metrica hominem esse doctum, sed parum in scribendo elegantem et suis inventis mirifice exultantem et ad opprobria proclivem, subinde ridicule vanum." — Nach diesem Excerpte wird man mir eine weitere Besprechung erlassen. Wer Lucilius mit Erfolg behandeln will, muss vor Allem gut Latein verstehen und logisch scharf denken. Wie es in beiden Hinsichten mit Hrn. F. steht, mag jene Probe lehren.

Vielleicht ist noch Manches oder doch Einiges für Lucilius aus kritischer und methodischer Behandlung der lateinischen Glossare zu gewinnen. Ich habe diese oft genug in meiner Ausgabe herangezogen. Allein sie ganz erschöpfend zu verwerthen, war ein Riesenwerk, das unmöglich im Vorbeigehen absolvirt werden konnte, übrigens zur Zeit noch gar nicht ausführbar. Dagegen freue ich mich aufrichtig, dass ein junger, begabter Philologe der Leipziger Schule, Hr. Gustav Löwe, sich jetzt dem bisher ziemlich vernachlässigten Gebiet der antiken oder mittelalterlichen Glossographie zugewandt hat, und erwarte nach den bisherigen Proben ein gutes Resultat. Nur möchte ich bei Verwerthung jener Glossare für Lucilius und andere altlateinische Autoren zu grosser Vorsicht rathen. Zunächst ist bei dieser erforderlich eine so umfassende Kenntniss der erhaltenen römischen Litteratur, wie sie bei einem jüngeren Gelehrten kaum vorhanden sein kann. Ausserdem liegt stets die Gefahr offen, Reste der archaischen Latinität da zu finden, wo in Wahrheit nur provinziales oder spätrömisches Latein vorliegt. Wie schwer, ja unmöglich es häufig ist, diese drei Sprachgruppen zu scheiden, werden viele Gelehrte bezeugen können.

Schliesslich bemerke ich, dass ich die Absicht habe, im Anhang des Nonius Alles für Lucilius irgend wie brauchbare, das nach meiner Ausgabe gekommen ist, ohne Rücksicht, von wem es kam, als „mantissa observationum Lucilianarum" zusammenzustellen.

Da bei Beurtheilung des Lucilius auch von wohlmeinender Seite wieder der Vorwurf erhoben ist, ich hätte manche philologische Grössen der Gegenwart zu scharf perstringirt, so gestatte man mir hierauf zu erwiedern — ganz kurz: denn es wird sich noch Gelegenheit finden, auf diesen Gegenstand zurückzukommen. Zunächst bin ich so frei, die Ansicht zu äussern, dass, wer so lange in der Wissenschaft thätig ist als der Herausgeber des Lucilius, einigermassen das Recht hat, nach eigenem Geschmack wie den Inhalt, so die Form seiner Werke zu bestimmen, um so mehr als fast jeder Gelehrte hinsichtlich der wissenschaftlichen Polemik seine eigene Meinung hat. Die meinige schützt sich wenigstens durch viele grosse Beispiele, darunter — das Beispiel der antiquarischen Briefe Lessings. Dass ich übrigens jene Polemik nicht übte, um Jemand weh zu thun, werden alle, die mich persönlich und collegialisch kennen, gern glauben. Dass ich überhaupt nur die Sache und nie die Person im Auge habe, wird folgende Thatsache beweisen. Seit einer Reihe von Jahren machen sich eine Anzahl Philologen, zumal einige Berliner, das Vergnügen, meine Arbeiten entweder ganz todtzuschweigen, auch wo sie derselben am dringendsten bedürften, oder doch nur tadelnd zu erwähnen, gelegentlich selbst die erst in Aussicht gestellten. Ich habe dieses Getreibe nie auch nur der Erwähnung werth gehalten, fest überzeugt, dass, wenn ein Gelehrter nicht zur Celebrität durchdringt, er dies nie den Bemühungen seiner Gegner, sondern lediglich dem Unzulänglichen seiner Leistungen zu danken hat, so wie umgekehrt, dass die Mittelmässigkeit durch das Lob gefälliger Clienten oder Patrone nimmermehr zum Bentley wird.

Meine Polemik hat einen ganz anderen Grund. Von jeher nagte der Klotzianismus, wie ihn der grösste Kritiker der Neuzeit genannt hat in jenem unsterblichen Werke, das gewiss den Klotzianismus getödtet hätte, wenn er nur zu tödten wäre, oder wie ihn ein berühmter Archäologe dieser Stadt in einem eben publicirten Werke nennt: der Scholasticismus, gleich einem giftigen Gewürm an der klassischen Philologie. Er hat es auch verschuldet, dass diese edle Disciplin, bei welcher, wenn man sie richtig betreibt, in gleicher Weise Verstand und Phantasie ihre Rechnung finden, noch keineswegs so weit gefördert ist, als der Fall sein könnte. Dass nun dies Uebel heutzutage wenigstens nicht minder grassirt als früher, dass, auch abgesehen von der nicht seltenen Servilität gegen einflussreiche Schulhäupter, fortwährend eine Menge philologischer Publicationen die Belege liefert, wie Geringfügiges, im besten Fall Mittelmässiges, gepriesen, Bedeutendes, ja Epochemachendes verschwiegen, oder kleinlich bemäkelt, höchstens mit einem kalten Lobe abgefertigt wird — wer vermöchte dies zu läugnen, wenn er nicht selbst an diesem Unwesen Theil hat? Unter solchen Umständen kann es, wie ich glaube, jedem Freund der Wahrheit, auf die es schliesslich doch allein ankommt, nur angenehm sein, wenn ein durchaus unabhängiger Gelehrter, der keiner bestimmten Schule und noch weniger einer Coterie angehört, unbekümmert um augenblickliche Anfeindung, seine Kritik walten lässt, wie das Messer des Anatomen, ohne Schonung, wo Schonung schädlich dünkt, aber auch ohne Leidenschaft. Persönliche Motive liegen mir hierbei gänzlich fern. Auch habe ich glücklicher Weise keinen Grund mich über die bisher erzielten Resultate meiner wissenschaftlichen Thätigkeit zu beklagen. Und wäre dies selbst anders, würde ich es doch für ebenso verkehrt halten, bei wissenschaftlichen Fragen persönliche Motive walten zu lassen, als es abgeschmackt wäre, sich die Genossen des täglichen Verkehrs und der geselligen Vergnügungen nach den lobenden oder tadelnden Anzeigen der Litteraturzeitungen auszusuchen.

St. Petersburg, d. 1 13. Juni 1875.

L. Müller.

Es giebt vielleicht kein Werk des römischen Alterthums, dessen Verlust wir mehr zu bedauern hätten, als den Untergang der Satiren des C. Lucilius. Von seinen dreissig Büchern ist kein einziges Buch, selbst nicht ein vollständiges Gedicht auf uns gekommen, sondern nur eine Anzahl Fragmente, „disiecti membra poëtae", mit Horaz zu reden. Nun ist freilich die Zahl jener Bruchstücke sehr bedeutend, bedeutender, als von irgend einem anderen Dichter des römischen Alterthums (mit Ausnahme des Ennius); allein ihr Umfang ist meist gering (in der Regel ein oder zwei Verse, häufig nur Verstheile), und die Behandlung derselben bietet ganz eigenthümliche Schwierigkeiten. Zunächst ist die Mehrzahl jener Bruchstücke erhalten in dem Werk des Grammatikers Nonius Marcellus „de compendiosa doctrina", welcher zwar meist aus guten Quellen schöpfte, aber gelegentlich auch aus schlechten, und durch Beschränktheit des Geistes, Nachlässigkeit und Unwissenheit sehr oft bei Erklärung der alt-lateinischen Autoren die unglaublichsten Fehler beging. Dazu kommt, dass die Abschriften dieses Werkes sämmtlich von den ärgsten Fehlern strotzen, weil schon der codex archetypus des 5. oder 6. Jahrhunderts nach Christi Geburt, aus dem sie abgeleitet sind, sehr fehlerhaft war, und die Schreiber des Mittelalters von der vorklassischen Latinität, aus welcher die meisten Beispiele bei Nonius gewählt sind, wenig wussten. Obwohl ferner viele Gelehrte mit Erfolg sich bemüht haben, einzelne Fehler im Nonius zu verbessern, ist doch seit Josias Mercier (1614) keine Ausgabe des Nonius erschienen, welche mit der nöthigen Sorgfalt in Behandlung des handschriftlichen Materials gründliche Kenntniss der alten Latinität und ausreichende kritische

Subtilität, sowie genaues Studium der oft sehr wunderlichen Eigenheiten jenes Grammatikers vereinigte. — Auch die Fragmente des Lucilius, welche sich bei anderen Autoren finden, waren meist ohne die erforderliche Acribie behandelt, vielfach war man selbst über die Lesarten der Handschriften sehr im Unklaren.

Unter diesen Umständen verdient Bewunderung die Ausgabe des Lucilius, welche im Jahre 1597 der holländische Gelehrte Franz Dousa, unterstützt von seinem Vater Janus Dousa und von Joseph Scaliger zu Leyden publicirt hat. Obwohl er vielfach gänzlich der nöthigen Hülfsmittel entbehrte, auch seine Kenntniss der alt-lateinischen Sprache und Metrik unvollkommen war, wusste er doch eine Menge Fehler zu beseitigen, so dass viele bisher ganz sinnlose Fragmente in dieser Ausgabe plötzlich correct und verständlich erscheinen. Da Franz Dousa noch ein junger Mann war, so verdankte er allerdings das Meiste seinem Vater und Scaliger, sowie den sehr zahlreichen Gelehrten, die seit Mitte des 16. Jahrhunderts sich mit den lateinischen Autoren vor Cicero beschäftigt hatten, Lipsius, Turnebus, Gulielmius, Junius und anderen.

Diese Ausgabe, welche oft nachgedruckt ist, war Jahrhunderte lang die einzige Arbeit, welche einigermassen ein Bild von den Fragmenten des Lucilius gewähren konnte. Freilich hat sie auch grosse Fehler. Da die meisten Autoren, welche jene Fragmente aufbewahrt haben, damals in sehr unzuverlässigen Texten vorlagen, auch Dousa's handschriftliche Hülfsmittel gering waren, liess er häufig offenbar entstellte Lesarten im Lucilius stehen oder suchte sie ohne methodische Kritik durch die gewaltsamsten Conjecturen zu beseitigen. Auch manches dem Lucilius fremde Fragment kam in diese Sammlung, sowie andererseits mehrere echte fehlten. Einige sind auch nach Dousa aus später bekannt gewordenen Autoren hinzugekommen.

Die Ausgaben von Gerlach (Zürich 1846) und von Corpet (Paris 1845) verdienen kaum Erwähnung, da sie alle Mängel der Arbeit Dousa's ohne seine Vorzüge zeigen. Corpet ist jedoch etwas sorgfältiger als Gerlach, dessen Ausgabe mit Ausnahme der Einleitung ganz werthlos ist.

Da das Verlangen nach einer neuen Bearbeitung der Fragmente eines für die altlateinische Literatur so wichtigen Autors immer dringender wurde, so entschloss ich mich schon im Jahre 1861 zu einer solchen. Obwohl ich theils durch die Schwierigkeit der Aufgabe abgeschreckt wurde, theils vielfach von andern Arbeiten in Anspruch genommen war, verhinderte doch die Aufmunterung Ritschl's und anderer Philologen, dass ich von der Ausführung des Planes abstand, und so ist diese Ausgabe nach beinahe zwölf Jahren endlich erschienen. Es steht mir begreiflicher Weise kein Urtheil zu über den Werth der Conjecturen und Explicationen, mit welchen ich die verderbten oder dunklen Stellen des Lucilius zu bessern oder aufzuklären bemüht war. Nur dies darf ich sagen, dass ich keine Mühe gespart habe, um durch Vergleichung bisher ungenutzter Handschriften oder Ausgaben die ursprüngliche Lesart jedes einzelnen Fragments dem Leser bekannt zu machen. Denn die methodische Kritik erfordert unumgänglich, will man mit Erfolg die Verderbnisse der klassischen Texte beseitigen, von den Lesarten der besten Handschriften oder, wo diese verloren sind, der besten Ausgaben auszugehen, mag auch diese Ueberlieferung noch so viele Fehler enthalten; wogegen es beinahe unmöglich ist, den richtigen Text herzustellen, wenn man als Grundlage eigener Conjecturen die Conjecturen anderer Gelehrten benutzt, die gerade im Lucilius häufig ohne die mindeste Kenntniss des handschriftlichen Materials den Text zu bessern versucht haben. — Mit Dank erkenne ich an, dass viele Gelehrte, wie Ritschl, Halm, Keil, Hertz mich bei Sammlung jenes Materials in freundlichster Weise unterstützt haben.

Es sei mir nun gestattet, gestützt auf meine Ausgabe, ein Bild von dem Leben und den Werken des Lucilius, wie ich beides auffassen zu müssen glaube, mit möglichster Kürze zu geben.

C. Lucilius wurde geboren zu Suessa im Lande der Aurunker im Jahre 574 der Stadt (180 v. Chr.). Hieronymus setzt zwar seine Geburt in das Jahr 606, und berichtet, dass er im Jahre 652, im 46. Lebensjahre, gestorben sei. Allein diese Angabe ist unglaublich. Ich übergehe andere Gründe, welche dagegen sprechen, da man sie aus meiner Ausgabe, auf welche ich stets verweisen muss, leicht ersehen kann (vgl. a. a. O. S. 288 u. fgd.), und bemerke nur, dass der ganze Verkehr des Lucilius mit dem jüngeren Scipio Africanus, der 569 geboren und 625 gestorben ist, keineswegs der Verkehr eines Knaben mit einem gereiften Manne, sondern das Zusammenleben zweier etwa gleichalteriger, in Theorie und Praxis gleich gereifter Männer gewesen ist. Die Fragmente des Lucilius und alle anderweitigen Nachrichten über jenes Freundschaftsverhältniss beweisen dieses unwidersprechlich. Von einem Knaben würde Scipio auch gewiss nicht Belehrungen über Richtigkeit oder Eleganz des lateinischen Ausdrucks, wie z. B., dass man „pertaesus", nicht „pertisus", sagen müsse, hingenommen haben. Scipio, wie alle aristokratisch angelegten Naturen, hasste die „puerulos praecoqui sapientia". — Ferner ist es völlig unglaublich, dass Lucilius im Alter von 14 oder 15 Jahren unter Scipio vor Numantia Kriegsdienste gethan habe. Ein so verständiger Feldherr, wie Scipio, konnte wahrlich keinen Knaben gebrauchen, um die Disciplin der Soldaten vor Numantia, welche durch das Unglück und die Nachsicht der Feldherrn gänzlich demoralisirt waren, wieder herzustellen; er bedurfte dazu energischer und tapferer Männer.

Der Irrthum des Hieronymus, welcher bei den Zuthaten, mit denen er des Eusebius Chronikon, das er bekanntlich ins Latein übersetzt hat, bereicherte, häufig grosse Flüchtigkeit zeigt, erklärt sich aus einem Missverständnisse, welches er bei Benützung der Schrift des Suetonius Tranquillus de viris illustribus begangen hat. Bekanntlich stammen aus dieser die meisten auf die römische Litteratur bezüglichen Angaben in des Hieronymus Chronikon. Suetonius hatte als Geburtsjahr des Lucilius angegeben das Consulat des A. Postumius und C. Calpurnius, welches Hieronymus mit dem des Sp. Postumius und L. Calpurnius verwechselt hat. Ein ganz ähnliches Versehen ist ihm bei Bestimmung des Geburtsjahres des Dichters Catullus begegnet.

Ich werde später noch ausführlicher über das Freundschaftsverhältniss des Lucilius mit dem jüngeren Scipio sprechen; einstweilen fahre ich fort, das Leben des Satirikers zu schildern.

Lucilius stammte aus einer begüterten Ritterfamilie. Ein Bruder von ihm war, wie es scheint, römischer Senator. Auch ihm hätte wohl, zumal da er mit vielen vornehmen Männern Roms befreundet war, der Zutritt zu den Ehrenämtern offen gestanden. Allein er hatte zu wenig Ehrgeiz und zu viel Liebe zur Litteratur und Wissenschaft, um sich auf diese schlüpfrige Bahn zu begeben. Er zog vor jenes otium cum dignitate, wie es Cicero und andere römische Staatsmänner sich so oft vergeblich gewünscht haben. Doch versäumte er darum nicht die Pflichten eines römischen Bürgers, wie denn überhaupt die Dichter der besseren Zeiten des Alterthums keineswegs es liebten, sich grollend von ihren Mitbürgern zurückzuziehen und, entfremdet dem Leben, nur den Studien obzuliegen. — Lucilius hat ohne Zweifel die gesetzlichen Kriegsdienste geleistet, und erst nachher sich entschlossen, ganz den Musen zu leben. Wie es scheint, trug auch zu diesem Entschlusse sein körperliches Befinden bei, das keineswegs immer das beste war. Besonders scheint er oft an kaltem Fieber und Kopfschmerzen gelitten zu haben. — Aus jener Zurückgezogenheit ist er nur ein Mal, auf Bitten seines Freundes Scipio, hervorgetreten.

Als nämlich Scipio im Jahre 620 den Oberbefehl über das Heer vor Numantia übernahm, war er bei der grossen Unlust des römischen Volkes, neue Soldaten zu stellen, genöthigt, Freiwillige anzuwerben, was ihm bei der grossen Zahl seiner Freunde und Clienten nicht schwer fiel. Aus den Tüchtigsten derselben bildete er den Generalstab (cohors praetoria); und in diesem befand sich auch Lucilius, der vielleicht schon früher in Spanien Kriegsdienste geleistet hatte. Wie es scheint, ist er nicht bis zum Ende des Feldzuges bei Scipio geblieben, da einige auf Scipio's Siege bezügliche Fragmente (XXVI, 45—47; XXX, 5—13) sichtlich nicht vor Numantia geschrieben sind. Vermuthlich hinderte ihn seine Gesundheit, den ganzen so beschwerlichen spanischen Feldzug mitzumachen.

Die übrige Zeit seines Lebens verbrachte Lucilius in Rom

oder doch in Italien. Er scheint, wie Horaz, ein Freund des Landlebens gewesen zu sein. Der damals schon sehr verbreiteten Sitte, sich die Merkwürdigkeiten fremder Länder anzusehen, hat auch Lucilius seinen Tribut bezahlt. Er unternahm zu ungewisser Zeit, doch vor 622, mit einem Freunde jene Reise nach Unteritalien, Sicilien und den Liparischen Inseln, welche er im dritten Buch so lebendig beschreibt. — Zu Rom besass Lucilius ein stattliches Haus, das früher zum Aufenthalte eines syrischen Prinzen, der als Geissel nach Rom gekommen war, gedient hatte. Verheirathet scheint er nicht gewesen zu sein (vgl. XXVI, 70), auch keine Nachkommen hinterlassen zu haben; dagegen war die Tochter des vorhin erwähnten Bruders die Mutter des Pompejus Magnus. Er überlebte lange seinen Freund Scipio, da er erst im Jahre d. St. 652 starb. Sein Tod trat in Neapel ein, doch war es vermuthlich Rom, wo er nach dem Zeugniss des Hieronymus publico funere begraben wurde. — Ich schliesse hiermit den Abriss von Lucilius Leben. Uebrigens wird sich später, wenn ich auf den Inhalt einzelner Satiren unseres Dichters näher eingehe, noch Gelegenheit finden, hier und da auf seine Geschicke zurückzukommen.

Den Charakter eines Mannes gebührend zu würdigen, giebt es vielleicht kein besseres Mittel als die Personen, mit denen er befreundet oder befeindet war, kennen zu lernen. Dies gilt zumal für einen Dichter, über den ein unglückliches Geschick verhängt hat, dass seine Werke, in denen er sein Denken und Handeln, sein Lieben und Hassen auf das Getreueste dargelegt hatte, so ganz zerstückelt auf uns kamen. Auch die lebendige Darstellung von Freund und Feind, die Lucilius in seinen Satiren gegeben hatte, ist natürlich durch jenen Verlust sehr geschädigt worden. Um der Kürze oder Dunkelheit der Fragmente oder anderweitigen Mittheilungen bezüglich der von Lucilius erwähnten Personen abzuhelfen, hat man sich nicht vor den buntesten, häufig jeglicher Grundlage entbehrenden Combinationen gescheut. Ich will der Kürze wegen an dieser Stelle die Freundschaften und Feindschaften des Lucilius nur so weit berühren, als sie seinen Charakter zu illustriren geeignet sind.

Unzertrennlich mit Lucilius verbunden ist das Andenken des P. Cornelius Scipio Aemilianus, des jüngeren Africanus, welcher wie sein Adoptivgrossvater im Gewirre der politischen und militärischen Affairen Roms niemals die Liebe zu Künsten und Wissenschaften verlor. Sein Verhältniss zu Lucilius erinnert uns an die Freundschaft des ältern Scipio mit Ennius, nur dass Lucilius, als begüterter römischer Ritter, ihm ganz unabhängig gegenüber stand. Dieser Umstand unterscheidet auch beider Männer Verhältniss, von dem des Maecenas zu Horaz, das man sonst am liebsten zur Vergleichung heranziehen möchte. An unbefangener Offenheit und altrömischem Freimuth übertraf Lucilius den Horaz, den gewandten Weltmann und gräcisirten Diplomaten, gewiss ebensosehr als dieser ihn an Grazie und Urbanität. Die öffentliche Thätigkeit des Scipio, welche oft, zuletzt von Th. Mommsen im zweiten Band seiner römischen Geschichte geschildert ist, dürfte nicht der Grund zu seiner Freundschaft mit Lucilius gewesen sein, obwohl allem Anschein nach der Dichter ähnliche politische Gesinnungen als jener hatte. Beide erkannten ohne Zweifel die grossen Uebel, an denen der römische Staat hauptsächlich durch die Schuld des Senats und der Optimaten litt: aber zugleich, wie der jüngere Lälius, erschraken sie vor den gewaltsamen Umwälzungen, welche die reformatorischen Versuche der beiden Gracchen herbeizuführen drohten. Sie standen also zwischen oder, soweit dies damals möglich war, über den Parteien. — Es scheint aber vielmehr jene unerschütterliche Freundschaft, die beide Männer durch ihr ganzes Leben begleitete, im privaten Verkehr entstanden und fortgesetzt zu sein. Der dritte im Bunde war C. Lälius mit dem Beinamen Sapiens. Jedes Mal, wann Scipio und Lälius von der schweren und undankbaren Staatsverwaltung Erholung suchten, und nach Cicero's Ausdruck (de oratore, II, 6) in ländlicher Zurückgezogenheit unter unschuldigen Spielen wieder zu Knaben wurden, war Lucilius in ihrem Kreise, und dort wurde beim heiteren Gelage und Getändel die gravitas Romana zeitweilig vergessen. Wer kennt nicht die anmuthige Schilderung des Horaz (Sat. II, 1, 71 fgdd.):

quin ubi se a volgo et scaena in secreta remorant
virtus Scipiadae et mitis sapientia Laeli,
nugari cum illo et discincti ludere, donec
decoqueretur olus, soliti.

Lucilius war dem Scipio treu ergeben. Seine Satire richtete
sich oft gegen des Freundes persönliche Feinde (vgl. XI, 10;
IX, 9); er feierte dessen kriegerische Heldenthaten, wenn auch
nicht, wie Ennius die des älteren Scipio, als Epiker; vor allem
aber sein Privatleben (vgl. Porphyrio zu Hor. Sat. II, 1, 16);
er berichtete von seinen bons mots (vgl. ex libris incertis 37).
Es hat viel Wahrscheinlichkeit, dass das Meiste, was wir bei
Cicero über des Scipio und Lälius privates Leben lesen, aus
Lucilius geflossen ist. Doch schonte er den Freund auch
nicht. Noch haben wir ein Fragment, worin er ihn wegen
seines sprachlichen Purismus verspottet (ex libr. inc. 133);
und gewiss hat er ihm auch in ernsteren Dingen stets die
Wahrheit gesagt. Gewiss würde die Darstellung des sinnigen
Verkehrs zwischen Scipio, Lälius und Lucilius, wenn sie sich
erhalten hätte, uns noch mehr fesseln, als das Bild, das
Horaz von seinem Umgang mit Mäcenas entwirft. Jene
Freundschaft war nicht minder innig und gewiss noch reicher
an denkwürdigen Begebenheiten in Scherz und Ernst, wie
dies die Stellung der drei Männer und das bewegtere Leben
der republicanischen Zeit Roms mit sich brachte.

Da auch die politischen Feinde des Scipio und Lälius
nie die sittliche Reinheit dieser Männer angetastet haben, so
darf man zugleich auf den Charakter des intimsten Freundes
beider, Lucilius schliessen. Er selbst scheint sich einmal
(XIV, 14) mit dem alten Cato zu vergleichen, der, wie er,
mit scharfer Kritik das Laster, wo er es fand, verfolgte,
weil er eben selbst ein reines Gewissen hatte. Dass Lucilius
dem Ehrgeiz und der Habgier fremd war, bezeugen sein Leben
und seine Werke (vgl. z. B. XXVI, 6—20). Für seine ein-
fache Diät sprechen die Fragmente zu Anfang des vierten
Buches (1—10). Hätte man in dieser Hinsicht ihm begründete
Vorwürfe machen können, so würden ihm diese ebenso wenig
erspart worden sein, als später dem Historiker Sallustius,

dem man nicht mit Unrecht vorwarf, dass seine strenge Rüge des Lasters nicht im Einklang stände mit seinen Thaten. Es hat sich aber kein Urtheil dieser Art in den zahlreichen Nachrichten über Lucilius erhalten. Uebrigens schonte er sich selbst keineswegs („dicitur vitam suam scripsisse et non sibi pepercisse" Pseudo-Acro zu Hor. Sat. II, 1, 30). Nur seine sexuellen Extravaganzen, an denen nicht gezweifelt werden kann (vgl. z. B. VIII, 1—6; VII, 1—4), muss man auf Rechnung der sittlichen Anschauung des späteren Alterthums setzen.

Noch andere der vornehmsten, gelehrtesten, geistreichsten Männer jener Periode waren Freunde des Lucilius (vgl. S. 296 meiner Ausgabe), darunter auch der bekannte, aus Carthago gebürtige griechische Philosoph Clitomachus, nach Carneades' Tod das Haupt der Akademie, der eins seiner Werke dem Lucilius widmete. Die Bewunderung für griechische Bildung und Kunst, der Verkehr mit griechischen Gelehrten war eben von dem älteren Scipio auf den jüngeren und seines Freundes Kreis übergegangen.

Zahlreich sind in des Lucilius Fragmenten die Angriffe auf vornehme und niedrige Zeitgenossen. Doch lässt sich nirgends nachweisen, dass er einen Tadel je anders, als nach gewissenhafter Ueberzeugung ausgesprochen. Ein Buhlen um die Gunst der Mächtigen lag ihm bei seiner unabhängigen Lage ganz fern. Mehrfach sind wir auch in der Lage, den guten Grund seiner Anklagen noch selbst anzuerkennen. Es ist durchaus glaublich, dass er stets nur von dem Bestreben die Laster seiner römischen Mitbürger, die, wie er selbst bezeugt (ex libr. inc. 4; 5), statt der altrömischen Virtus dem Mammon dienten, ihre Verkehrtheiten in Staat, Gesellschaft und Litteratur zu bessern geleitet wurde. Noch heute sind die Italiener geneigt in Liebe und Hass schnell das Mass zu überschreiten; von dieser Untugend zeugen auch die meisten Dichter, Redner und Historiker des alten Roms. Auch Lucilius mag von ihr nicht frei sein. Dazu kam die grosse Redefreiheit, deren er sich erfreute. Zwar ist des Tacitus Ausspruch, dass in den Zeiten des Freistaats „facta arguebantur, dicta impune erant", keineswegs richtig. Als z. B. der Campaner Nävius zu den Zeiten des zweiten punischen Krieges in seinen

Komödien römische Adelige angegriffen hatte, sperrte man ihn ins Gefängniss, und liess ihn nicht los, bis er in anderen Dramen Abbitte gethan hatte (vgl. Gellius noct. Att. III, 3, 15). Allein ein Freund des jüngeren Scipio und römischer Ritter konnte sich viel erlauben. Lucilius sagt selbst: „was liegt mir daran, ob Mucius meinen Versen verzeiht oder nicht?" Und dieser Mucius gehörte zu den vornehmsten Römern. So mag denn Lucilius auch, wie Aristophanes, oft durch Masslosigkeit des Ausdrucks gefehlt haben. Er bezeugt selbst, dass er im Zorn gewaltig aufbrause (XXVII, 33). Aber es liegt kein Beweis vor, dass er je mit Bewusstsein Ungerechtigkeit übte. Dass er vielmehr eine „anima candida" war, hülfreich wo er konnte, selbst gegen seine Sclaven milde und erkenntlich, bezeugen die Fragmente (vgl. XXIX, 16—18; ibid. 53—58; XXII, 1.).

Ich gehe jetzt zu einer Schilderung der römischen Satire bis auf Lucilius über. Das Urtheil über Abstammung und Bedeutung des Wortes „satura" ist äusserst schwierig. Die Mehrzahl der Alten leitet „satura" von dem griechischen „Σάτυρος" ab, weil allerdings seit früher Zeit in den „saturae" viel Scherzhaftes und Obscönes sich vorfand, ähnlich wie in den „δράματα σατυρικά" der Griechen. Die bestbezeugte Form „satura" (satira) würde gegen diese Ableitung nicht sprechen; denn die Römer ersetzten bis zum Ende des Freistaates stets das griechische „υ" durch „u" oder „i". Doch behaupten schon altrömische Gelehrte, „satura" komme von dem Adjectiv „satur", und bedeute ein poetisches pêle-mêle, Dichtungen des verschiedensten Inhaltes, und diese Kunstgattung habe ihren Namen entweder von der „satura lanx" d. h. einer Schüssel mit den mannigfaltigen Erstlingen der Feldfrüchte, wie solche den Göttern gespendet zu werden pflegten, oder von einer Art Wurst, die wegen ihrer verschiedenartigen Bestandtheile auch „satura" hiess, oder endlich von der „satura lex", wie die Römer einen Gesetzesantrag bezeichneten, der zugleich viele und verschiedenartige Objecte umfasste (vgl. den Grammatiker Diomedes pag. 483 ed. Putsch.). Mit dieser Ableitung des Wortes „satura" vergleicht Hr. Teuffel passend, dass auch eine neuere Dichtungsgattung der Italiener „Farsa" heisst. Auch der Historiker Livius an einer vielbesprochenen, leider sehr unklaren Stelle (VII, 2), erkennt die „satura" als ein speciell lateinisches Product an, das an Kunstfertigkeit die „carmina fescennina" übertroffen und aus Wechselgesang, Tanz und Flötenspiel bestanden habe.

Das Urtheil über diese verschiedenen Ansichten ist sehr schwierig, weil sich von den römischen Satiren bis auf Lucilius so wenig erhalten hat. Wir müssen, wie mir scheint, von Betrachtung der leider auch nicht zahlreichen Fragmente aus den 4 (oder 6) Büchern Satiren des Ennius ausgehen, um methodisch das Wesen der ältesten „satura" zu untersuchen. Das Resultat dieser Forschung scheint mir für die zweite Erklärung des Wortes „satura" zu sprechen.

So viel steht fest, dass die scharfe, verletzende, an Spott und Schimpf reiche Darstellung, mit welcher Lucilius die verkehrten Zustände seiner Zeitgenossen geisselte, in des Ennius Satiren sich nicht fand. Dass auch Ennius in diesen mit Scherz und Ernst das Laster verfolgte, zur Tugend ermahnte, zugleich belehrte und warnte, ist freilich richtig und lässt sich bei einer specifisch römischen Dichtungsart aus dem praktischen Sinn der alten Römer leicht begreifen. Allein das, was wir jetzt unter dem Worte „satirisch" ausschliesslich zu verstehen pflegen, scheint gerade in des Ennius Satiren am wenigsten gefunden zu werden.

Wie einige Bücher des Lucilius (z. B. das 16.) besondere Titel führten (welche übrigens keineswegs immer den gesammten Inhalt, oft nur den hauptsächlichsten andeuteten), wird zuverlässig vermeldet, dass das 3. Buch der Satiren des Ennius den Titel „Scipio" geführt habe; und es ist wahrscheinlich, dass des Ennius didaktische Gedichte, Euhemerus, Epicharmus, Protrepticus, Hedyphageticus auch nur Theile der Satiren waren. Dasselbe gilt von dem „Sota", der vermuthlich obscönen Inhalts war, wie denn überhaupt nicht blos die Komödie, sondern auch die Satire der Römer reich war an Obscönitäten. Auch die erotischen Gedichte des Ennius (vgl. Plinius' Briefe V, 3, 6) und die Epigramme dürften zu den Satiren gehört haben.

Gewiss darf man von des Ennius Satiren nicht annehmen, dass sie, wie Horaz von seinen bezeugt, hauptsächlich die

Sprache des gewöhnlichen Lebens wiedergaben und sich von dieser vornehmlich durch das Metrum unterschieden. Wir finden in dem Scipio des Ennius hochpoetische Stellen, und ein Satiriker nach der Art des Horaz würde sich schwerlich in einem Vorwort seiner Satiren von der Muse folgendermassen haben anreden lassen:

Enni poëta salve, qui mortalibus
Versus propinas flammeos medullitus.

Der Scipio des Ennius feierte in verschiedenen Versmassen die Heldenthaten des Siegers bei Zama. Vermuthlich gehörte auch die „Ambracia", welche die Besiegung der Aetoler durch Fulvius Nobilior (gleichfalls einen Gönner des Ennius) verherrlichte, zu den Satiren. Ein Drama kann sie, da sich Spuren von Hexametern in ihr finden, schwerlich gewesen sein. Einer anderen Satire Inhalt bildete die bekannte äsopische Fabel von der Lerche, die, auf einem Getreidefelde wohnend, welches abgemäht werden soll, doch nicht eher auswandert, bis der Herr selbst, der vorher vergeblich seine Freunde und Verwandten um Hülfe bei der Ernte gebeten hatte, die Sichel in die Hand nimmt. Die moralische Nutzanwendung enthielten die Schlussverse:

Hoc erit tibi argumentum semper in promptu situm,
Nequid expectes amicos, agere tu quod possies.

In einem andern Gedicht hatte Ennius die Gottheiten des Todes und Lebens miteinander um den Vorrang hadernd eingeführt.

Der Euhemerus legte dar die bekannten Anschauungen über den Ursprung der Götter, welche der Philosoph Euhemerus zu Alexanders des Grossen Zeit, angeblich nach uralter Ueberlieferung, aufgestellt hatte. Ennius huldigte eben in religiösen Sachen der sceptischen Richtung wie Euripides. Der Epicharmus war moralisch-theologischen Inhalts; auch „Protrepticus" hat vermuthlich Sprüche der Weisheit enthalten. „Hedyphageticus" dagegen bot, wie schon der Titel lehrt, ein poetisches Kochbuch.

Wenn nun auch manche Fragmente aus Ennius Satiren sich hauptsächlich mit den Lastern und Fehlern der menschlichen Gesellschaft beschäftigen, so widerspricht dies doch keineswegs der von uns vorhin aufgestellten Meinung von dem Unterschiede der Satire des Ennius und der des Lucilius. Die Satire des Ennius behandelte eben bald tadelnd, bald lobend, bald einfach referirend die verschiedensten Zustände des Dichters und seiner Zeitgenossen, nicht der Vergangenheit (denn das Fragment ex libris incertis saturarum 5 bei Vahlen stammt aus einer Tragödie „Sabinae"); sie hatte noch keinen bestimmten Styl, auch noch keine bestimmte Tendenz, war vielmehr von der leidenschaftlichen, hauptsächlich subjectiven Darstellung des Lucilius und der späteren Satiriker weit entfernt.

Ganz ähnlich waren ohne Zweifel die Satiren von des Ennius Schüler Pacuvius, von denen sich aber kein Fragment erhalten hat.

Wäre nun die römische Satire so geblieben, wie sie bei Ennius war, so würde sie bald unter den andern Gattungen der Poesie spurlos verschwunden sein, weil eben beinah alle an ihr gleich viel oder, wenn man will, gleich wenig Antheil hatten. Allein eine neue, scharfmarkirte Richtung gab ihr C. Lucilius. Er machte zuerst, um mit Diomedes zu reden, (der hier, wie bei allen Angaben über die verschiedenen Dichtungsgattungen, dem Suetonius Tranquillus folgt) die Satire zu einem „carmen maledicum et ad carpenda hominum vitia archaeae comoediae charactere compositum", welcher Richtung sie auch, abgesehen dass Horaz und die Spätern aus bestimmten Gründen viel mehr die neuere Komödie der Griechen zum Muster nahmen, bei den Römern stets treu geblieben ist, vielleicht mit Ausnahme der Menippeischen des Varro, welche die Mitte zwischen des Ennius und Lucilius Satire gehalten zu haben scheint, aber, da sie aus Prosa und Poesie gemischt war, hier übergangen werden kann.

Das einstimmige Urtheil des ganzen Alterthums schreibt dem Lucilius vor allen Satirikern acerbitas oder mordacitas zu, und durch diese Eigenschaften hauptsächlich hat er seinen Ruhm bei den Römern erlangt. Das polemische Element ist es, welches gleich in dem frühsten Buch seiner Satiren (dem 26.) scharf hervortritt, und welches wir noch jetzt an unzähligen Beispielen verfolgen können. Durch die Bitterkeit seiner Augriffe, sowie, dass er ungescheut die Angegriffenen mit Namen nannte, unterschied sich seine Satire gleich beim ersten Blick von der des Ennius. Seine Polemik traf in gleicher Weise die Vornehmsten und die Geringsten („primores populi arripuit populumque tributim" sagt Horaz), neben den Staatsmännern vor Allen die Dichter, Rhetoren und Philosophen und zwar griechische sowohl wie römische. Es ist hier zu beachten dass grade seit des Jüngern Scipio Zeiten das Studium der Rhetorik, sowie, wenn auch in geringerem Mass, der Philosohpie zu Rom einen bedeutenden Aufschwung nahm. — Selbst den ehrwürdigen Homer schonte er nicht, noch minder den Euripides oder Isocrates; ebenso wenig die Stoiker wie die Sophisten. Noch schlimmer erging es seinen Landleuten, dem Ennius, Pacuvius, Accius. Vor Allen Accius, dessen Blüthe mit der des Lucilius zusammenfällt, scheint er wenig geliebt zu haben. Er verspottet seine dichterischen Eigenthümlichkeiten, z. B. dass er „status" für „statura" braucht, nicht minder seine orthographischen Besonderheiten. Dabei vergass er jedoch keineswegs der Bescheidenheit, wenn er von seinen eigenen Leistungen sprach. Uebrigens scheint es, dass seine litterarische Polemik sich zuweilen zu sehr mit Kleinigkeiten bemühte (vgl. III, 47).

Da Lucilius inmitten der Parteikämpfe des republicanischen Roms lebte, musste er, ein echter Römer, noch viel mehr als auf Litterarisches seine Aufmerksamkeit auf politische Zustände richten. Der Uebermuth der Optimaten, die ohne Rücksicht auf das Staatswohl ihre Söhne, auch die unfähigsten, zu den höchsten Aemtern beförderten, der Neid gegen hervorragende Männer, wie den jüngeren Scipio, die Unfähigkeit der Feldherrn, die Rom vor Carthago und Numantia Schande und Schaden gebracht hatten, der Wankelmuth des C. Papirius Carbo, die Uebermacht des Cornelius Lentulus Lupus, der, nachdem er wegen Erpressungen verurtheilt war, doch 607 Censor wurde, die Schwelgerei und Ausschweifung der Vornehmen, die Entäusserung des römischen Wesens durch Annahme griechischer Sitten und Unsitten, kurz alles, was bald nach Lucilius' Tod die Bürgerkriege und den Untergang der Republik herbeiführte, wird in diesen Satiren auf das schärfste und freimüthigste gegeisselt.

Wie schon früher bemerkt, nannte er stets oder beinahe stets die Angegriffenen namentlich. Er sagt selbst: „cujus non audebo dicere nomen?" In dieser Hinsicht ist er durchaus den Dichtern der altattischen Komödie ähnlich.

Nicht minder oft wie die politischen werden die privaten Zustände Roms von Lucilius beleuchtet. In Wahrheit lassen sich auch beide Gebiete nicht von einander scheiden. Der Zustand eines Staates wird bedingt durch die Sittlichkeit, Bildung und Arbeitsamkeit seiner Bürger. Vor Allem die Zerrüttung des Familienlebens war es, welche den römischen Freistaat untergrub, wie andererseits die strenge Zucht des Hauses Roms Grösse begründet hatte. Horaz spricht dies in der 6. Ode des 3. Buches offen aus.

. Es finden sich auch in des Lucilius Satiren genug Fragmente, in denen er das private Leben der Zeitgenossen, ihre Geldgier und Ueppigkeit und alles, was daraus folgte, geisselt; nur diente ihm nicht, wie Horaz, nach Art der Griechen ein kosmopolitisches, allgemein menschliches Ideal zum Massstabe seiner Beurtheilung, sondern immer das Vorbild der besten Zeit Roms, die Rücksicht auf das Wohl des römischen Staates, an dessen Zukunft er keineswegs verzweifelte.

Manche in diesen Satiren geschilderte Persönlichkeiten, wie der Schwelger Nomentanus, der Possenreisser Pantolabus, das Gladiatorenpaar Aeserninus und Pacidejanus wurden sprichwörtlich, sodass sie von Horaz und Cicero als allgemein bekannte Typen gewisser Gattungen verwandt werden. Ueberhaupt dürfte die Mehrzahl der Namen, die Horaz anführt, um mit seinen eigenen Worten zu sprechen, „exemplis vitiorum quaeque notando", dem Lucilius entlehnt sein. Denn auch bei Lucilius war nichts häufiger, als dass er eine allgemeine moralische Wahrheit durch das Beispiel dieser oder jener Persönlichkeit illustrirte.

Lucilius war aber, gerade wie Scipio, freisinnig und unbefangen genug, um die Mängel des römischen Wesens, die Vorzüge des griechischen mit hellem Blick anzuerkennen. Er hatte nicht den leeren Tugendstolz sovieler Römer, die mit Verachtung auf die „Graeculi" herabsahen, während sie ihre

Laster willig nachahmten. Er suchte vielmehr, wie die edelsten und aufgeklärtesten Männer Roms seit dem zweiten punischen Kriege zugleich römische „virtus" und griechische „humanitas," als gleichmässig berechtigt und wohl zu versöhnen, in seinen Charakter aufzunehmen. Wenn nun auch Lucilius in der Frömmigkeit der alten Römer (Horaz sagt zu seinen Landsleuten: dis te minorem quod geris, imperas) einen Hauptgrund von Roms Grösse sah, so war er doch keineswegs geneigt, alle jene wunderlichen Ausgeburten des Aberglaubens, an welchen die altrömische Religion so reich war, zu billigen, ebensowenig die anthropomorphische Vorstellung von den Göttern, welche, ursprünglich den Römern fremd, von den Griechen übernommen war. Und wie hätte dies anders sein können bei einem Manne, dessen Werke so viele Spuren der Kenntniss griechischer Philosophie zeigen? Eine treffliche Verspottung des altrömischen Aberglaubens lesen wir im 15. Buche. Dort heisst es, die Leute hielten zwar den Cyclopen Polyphem bei Homer mit seinem Stabe, der grösser sei wie ein Mastbaum, für ein Ammenmährchen; aber sie glaubten viele Dinge, die nicht mehr Verstand hätten.

>Terriculas Lamias, Fauni quas Pompiliique
>instituere Numae, tremit has, haec omina ponit.
>ut pueri infantes credunt signa omnia ahena
>vivere et esse homines: sic istic omnia ficta
>vera putant, credunt, signis cor inesse in ahenis.
>pergula pictorum, veri nil, omnia ficta.

Auch im ersten Buche, wo in Parodie des Homer eine Götterversammlung dargestellt war, scheint er sich über die Eitelkeit und sonstigen menschlichen Schwächen, die der Volksglaube den Göttern beilegte, lustig gemacht zu haben (vgl. Frg. 9; 12). — Lactantius bezeichnet deshalb Lucilius und Lucianus als Autoren, die weder Götter noch Menschen geschont hätten. Richtiger hätte er freilich gesagt, dass jene Männer die Thorheiten und Laster der Menschen und die verkehrten Ansichten von den Göttern, wo sie nur solche fanden, gegeisselt haben.

Einen anderen Beweis der Verehrung, die Lucilius der griechischen Bildung zollte, seine grosse Belesenheit in griechischen Autoren, werden wir noch später in Betracht ziehen. Wenn wir als die erste Neuerung, durch welche Lucilius die römische Satire umgestaltete, seine scharfe, persönliche Verspottung alles dessen, was ihm und seinen sittlichen Prinzipien nicht behagte, hinstellten, so müssen wir als zweites Moment ohne Zweifel betrachten den Umstand, dass der Dichter seine Subjectivität in den Vordergrund stellte, sein individuelles Urtheil überall zum Massstabe der Beurtheilung von Menschen und Zuständen machte. — Das Hervorkehren der Individualität und Subjectivität war allerdings keine ursprünglich römische Eigenschaft, da im älteren Rom das Individuum sich willig dem Gedanken und den Bedürfnissen des Staates unterordnete. Desto schärfer zeigt es sich bei allen mit griechischer Bildung getränkten Intelligenzen seit dem zweiten punischen Kriege. — Bei dem Selbstgefühl, das wir schon oft an Lucilius bemerkt haben, ist dieser Umstand freilich nicht zu verwundern; übrigens trug derselbe auch ohne Zweifel bei zu jener mordacitas und acerbitas, die Lucilius in die römische Satire einführte. Denn es ist klar, dass sich uns die menschlichen Dinge meist in besserem Lichte darstellen, unser Tadel minder scharf wird, wenn wir die Thorheiten und Laster der Menschen nicht nach unserem individuellen Geschmack, sondern objectiv, sine ira et studio, nach den ewigen sittlichen Gesetzen des Lebens beurtheilen. Lucilius war jedoch keineswegs ein Pharisäer, der immer nur den Splitter im Auge der Nächsten, nie den Balken im eigenen sah. Vielmehr machte er mit grösster Offenheit, ähnlich dem ihm geistesverwandten Archilochus, auch seine eigenen Schwächen und Mängel dem Publicum bekannt. Ueberhaupt schilderte er alle Freuden und Leiden seines Lebens den Römern so getreu, dass nach dem Ausspruch des Horaz in seinen Werken, wie auf einer Votivtafel, seine vollständige Biographie vorlag.

Wenn Lucilius durch die Einführung der scharfen persönlichen Polemik und dadurch, dass er überall sein subjectives Ich vortreten liess, im Gegensatz zu der mehr harmlosen und objectiven Art des Ennius die Satire wesentlich umgestaltete, so nahm er doch auch vieles von der Eigenthümlichkeit der alten satura in die neue über. Wir sahen, dass die alte satura in reichster, freilich auch ungeordnetster, Auswahl die verschiedensten Gegenstände des täglichen Lebens der Gegenwart, kleine und grosse, behandelte. Selbst Anecdoten waren nicht ausgeschlossen. Behandelt doch selbst eine der frühesten Satiren des Horaz, der doch noch weit klarer als Lucilius das Wesen der Satire fixirte, nämlich I, 7, nur eine ziemlich unbedeutende Anecdote aus seiner militärischen Periode. So ist es denn nicht zu verwundern, dass sich bei Lucilius vieles findet, was nichts von den beiden Neuerungen, die Lucilius in die römische Satire einführte, in sich trägt, sondern ebenso gut in die Satiren des Ennius passen würde.

Ich gehe jetzt zu einer ästhetischen Würdigung der erhaltenen Reste des Satirikers über, gestatte mir jedoch zuvor folgende Bemerkungen.

Es ist überhaupt sehr schwierig nach Fragmenten einen Autor zu beurtheilen, zumal einen antiken. Denn nur selten werden von den Alten Stellen aus anderen Autoren angeführt, um darauf eine ästhetische Würdigung derselben zu gründen, sondern meist wegen des sachlichen Inhalts oder grammatischer, resp. metrischer Besonderheiten. Nun ist es freilich gerade zur Beurtheilung eines Dichters, der uns durch Anmuth seiner Form ergötzen soll, sehr wichtig zu wissen, wie er Sprache und Metrik gehandhabt hat; allein auch hierfür bieten die Citate nicht immer sichere Belehrung; denn sie heben meist nur das Unregelmässige, Unschöne, Exceptionelle in der Form hervor, keineswegs das Gewöhnliche, Regelrechte, Tadellose. Hierzu kommt bei Lucilius noch die Schwierigkeit, dass er der Begründer einer neuen Kunstgattung war, und weder des Ennius noch des Horatius Satiren denen des Lucilius conform sind, obwohl allerdings die horazischen ihnen weit näher stehen, als die ennianischen. Dazu rechne man noch den Uebelstand, dass, wie schon oben bemerkt, die Fragmente des Lucilius meist sehr verderbt, ferner von einem so unfähigen Grammatiker, wie Nonius war, bewahrt uns vorliegen.

Unter solchen Umständen muss man es als ein besonderes Glück betrachten, dass ein so feiner Kopf wie Horaz, in drei

Satiren, der 4. und 10. des ersten Buches und der 1. des zweiten, ausführlich über Lucilius und sein Verhältniss zu diesem gesprochen hat. Gleichwohl muss man auch diese Quelle mit Vorsicht benutzen. Zunächst dürfen wir nicht vergessen, dass Horaz nicht als Gelehrter, sondern als Dichter sein Urtheil über Lucilius fällt, dass man also bei ihm nicht besondere wissenschaftliche Genauigkeit und Gründlichkeit erwarten kann. Ferner verfolgte Horaz in jenen 3 Satiren bestimmte Zwecke. Es war ihm weniger um Lucilius selbst zu thun als darum, die Berechtigung der Gestalt, welche Lucilius der Satire gegeben, und Horaz, nach den missglückten Versuchen des Varro Atacinus und Anderer, mit festerer Begrenzung und grösserer Kunst erneuert hatte, dem römischen Publicum nachzuweisen.

Die erste Satire des zweiten Buches handelt hauptsächlich von dem Inhalt der Satiren des Lucilius; eine ästhetische Würdigung derselben enthalten die beiden übrigen. Dabei muss aber bemerkt werden, dass Horaz in der zehnten des ersten Buches, gereizt durch heftige Angriffe, die er wegen der 4. von den Verehrern der altlateinischen Dichter erlitten hatte, in seiner Beurtheilung des Lucilius keineswegs die Billigkeit überall beobachtet. Vermuthlich übertreibt er deshalb die Fehler des Lucilius, weil die Bewunderer, wie das oft geschieht, mehr die Fehler, als die Tugenden ihres Vorbildes, des Lucilius, nachzuahmen liebten.

Ich habe die Schwierigkeiten einer unbefangenen Würdigung des Lucilius ausführlich dargestellt, theils damit der Leser nicht mehr erwarte, als ich zu geben im Stande bin, theils um die Leichtfertigkeit zu rügen, mit welcher viele Litterarhistoriker und andere Gelehrte über Lucilius geurtheilt haben, obwohl sie sämmtlich bekannten, dass zum Urtheil über Lucilius vor Allem eine kritische Ausgabe der Fragmente nothwendig sei. Auch der berühmte Th. Mommsen, dessen Urtheile über die römische Litteratur sich überhaupt weder durch besondern Geschmack noch durch besondere Tiefe auszeichnen (ein Tadel, der auch, wenngleich in geringerem Masse, den ästhetischen Combinationen seines Landsmannes Niebuhr zu Theil werden muss), entwirft im zweiten Band der römischen

Geschichte von Lucilius ein Bild, das mit der Wahrscheinlichkeit nur wenig gemein hat; und ebenso wenig sind seine im Bänkelsängerton gehaltenen Uebersetzungen lucilischer Fragmente geeignet, uns eine Vorstellung von der Kraft und Eleganz des alten Satirikers zu geben. Ich habe einige Proben seiner Verirrungen S. 32 der quaestiones Lucilianae gegeben.

Horaz sagt, Lucilius hänge ganz und gar ab von den Dichtern der altattischen Komödie, zumal ihren drei bedeutendsten, Aristophanes, Cratinus, Eupolis. Ist diese Angabe richtig? Man kann nicht dagegen anführen, dass in den Fragmenten des Lucilius nirgend auf die altattische Komödie hingewiesen wird; dies ist vielleicht reiner Zufall. Allein der Inhalt von des Lucilius Fragmenten zeigt unwidersprechlich, dass Horaz viel zu viel gesagt hat. Die Aehnlichkeit zwischen Lucilius und jenen alten Attikern besteht hauptsächlich darin, dass Lucilius mit ebenderselben Schärfe und Freimüthigkeit, gleichfalls mit dem Zwecke durch Strafen zu bessern, alles Verkehrte im Leben und in der Litteratur rügte, wie seiner Zeit Aristophanes und ähnliche Dichter. Von einer directen Nachahmung kann aber schon wegen des ganz verschiedenen Stoffes gar keine Rede sein. Dabei ist noch ein Unterschied zwischen Lucilius und der altattischen Komödie zu bemerken, der durchaus durch die Verschiedenheit der Römer und Athener begründet ist. Die Komödie des Aristophanes trotz aller ihrer Gemeinheiten und Frivolitäten sucht uns doch, zumal in den Chorgesängen, in eine ideale Welt, gleichsam aus dem irdischen Dunstkreis in einen reineren Aether zu versetzen; auch Lucilius nimmt zuweilen, öfter als Horaz, höheren dichterischen Schwung; im Allgemeinen aber bleibt seine Darstellung in einem den Gegenständen, die er schildert, entsprechenden Tone; sie hält uns fest in der Sphäre des gewöhnlichen bürgerlichen und socialen Lebens. Deshalb ist auch jene kühne Erfindung von Situationen, die oft aller Wahrscheinlichkeit trotzen, aber selten des Effects verfehlen, ebenso häufig bei Aristophanes als unerhört bei Lucilius. Auch jene geniale Freiheit in Bildung neuer, zumal künstlich zusammengesetzter Worte findet sich selten bei Lucilius, hauptsächlich, wo er die römischen Tragiker verspotten will.

Die zweite Eigenthümlichkeit der lucilischen Satire, dass sie überall das subjective Urtheil des Dichters scharf hervorbrechen lässt, konnte schon an sich weniger in dramatischen Productionen hervortreten; am wenigsten konnte in solchen Dramen ein Lebensbild des Verfassers vorliegen, wie in den Satiren des Lucilius. Selbst die Pytine des Cratinus, in welcher er als Greis sich selbst zum Gegenstand der Komödie machte, scheint keineswegs, wie auf einer „tabula votiva", des Dichters ganze Vergangenheit behandelt zu haben.

Betrachtet man ferner den Inhalt, der, wie oben gezeigt, noch ausserdem in des Lucilius Satire zu finden war, so muss man des Horaz Angabe ohne Zweifel als durchaus ungenau erachten. Sehr zu bedauern ist es, dass die Dichtungen des Archilochus verloren gegangen sind. Ich glaube, dass von allen griechischen Dichtern dieser dem Lucilius am ähnlichsten war, nicht blos wegen ihrer scharfen Satire (wegen welcher beide oft als „iambici" bezeichnet werden; von den Alten wird häufig jedes Schmähgedicht ohne Rücksicht auf das Metrum „iambus" genannt), sondern auch wegen des sonstigen Inhaltes. — Lucilius hat den Archilochus gelesen (vgl. XXVII, 50); ob er ihn aber irgendwie nachgeahmt, lässt sich nicht beurtheilen.

Nach dem bisher Gesagten ergiebt sich, dass wir Lucilius im wesentlichen für einen originalen Dichter, nicht für einen Nachahmer zu halten haben. Diesem Umstand widerspricht nicht, dass er eine grosse Belesenheit in griechischen und römischen Autoren zeigt und öfter Stellen aus griechischen Dichtern entweder lateinisch nachahmt, oder auch unverändert übernimmt. Die Alten verlangten von ihren Dichtern ausser der poetischen Begeisterung auch ein solides Wissen, und waren weit entfernt, einem Dichter aus Gelehrsamkeit, wenn er sie nur geschmackvoll anwandte, einen Vorwurf zu machen. Seit des Cicero Zeit war sogar die Bezeichnung „doctus" ein stehender Ehrenname für gute Dichter.

Wenn auch Lucilius keineswegs jene erstaunliche Belesenheit hatte, die wir überall in Virgil's Werken finden (Cicero schreibt ihm sogar nur eine „doctrina mediocris" zu, Quintilianus allerdings, der ihn aber nur oberflächlich kannte, eine

„eruditio mira"), so zeigt er doch, dass er die bedeutendsten Autoren Roms und Griechenlands gründlich studirt hat. Es verlohnt sich der Mühe aufzuzählen, welcher Autoren Kenntniss sich bei ihm findet. Wir begegnen da den Dichtern Homer, Archilochus, Theognis, Euripides, Ennius, Pacuvius, Accius, dem Rhetor Isocrates. Lucilius zeigt sich ferner wohlerfahren in der altlateinischen Komödie, ebenso in den griechischen Philosophen, Sophisten und Rhetoren. Auch liegen Beweise vor, dass er mit Theilnahme den litterarischen Bestrebungen der Zeitgenossen gefolgt ist (vgl. XXVI, 48), wie er denn auch dem berühmten Grammatiker Lucius Aelius, sowie dem Philosophen Clitomachus, vermuthlich auch vielen anderen Gelehrten, befreundet war.

Uebrigens urtheilten die Alten über Nachahmung anderer Autoren nicht wie wir. Wir sind geneigt bei dem nachahmenden Dichter eine gewisse geistige Armuth vorauszusetzen, die Alten meinten vielmehr, dass die Nachahmung ausgezeichneter Dichterstellen, selbst zuweilen ihre wörtliche Entlehnung, mehr ein Compliment für den Autor, der benutzt würde, als ein Eingeständniss des Mangels an eigenem Talent enthalte. Natürlich kann hier nur von geschickter Nachahmung die Rede sein, die um so schwerer ist, je eigenartiger und schwungvoller der Dichter ist, der nachgeahmt wird.

So finden sich denn auch in des Lucilius Fragmenten zahlreiche Nachbildungen und Benutzungen älterer Autoren, aus denen man ihm keinen Vorwurf machen kann. Weniger ist zu loben, dass er griechische Verse und Halbverse öfters seinen Dichtungen einreihte. Ich werde darauf noch später zu sprechen kommen.

Was nun die Verarbeitung des gegebenen Stoffes betrifft, so war Lucilius nicht selten weitschweifig, wie Horaz (Sat. I, 10, 9—10) bezeugt und die Fragmente bestätigen. Auch nahm er es mit Wiederholung desselben Wortes in kurzem Zwischenraum nicht genau. Ohne Zweifel fanden sich auch oft bei ihm Abschweifungen vom Thema, wie solche das Wesen der Satire, welches ich oben geschildert habe, mit sich bringt, und wie sie auch bei den kunstvolleren Satirikern der Kaiserzeit häufig die Darstellung unterbrechen. Ueberhaupt ist es wahrscheinlich, dass Lucilius öfters den ursprünglichen Plan seiner Satire nicht genau durchgeführt hat. Freilich forderte die Satire schon durch ihren Ursprung, ja man möchte sagen durch ihren Namen zu einer gewissen Nachlässigkeit der Composition, wie zu wirklichen Digressionen auf. Im Uebrigen verdient die Darstellung des Lucilius mit geringen Ausnahmen hohes Lob. Lucilius weiss alle Tonarten zu treffen, für alle Gegenstände und Verhältnisse des Lebens den rechten Ausdruck zu finden. Freilich bewegte er sich, wie es seiner Satire zukommt, hauptsächlich in der niederen Sphäre der menschlichen Thätigkeit, und so ist auch seine Sprache meist die ungezwungene, joviale des täglichen Lebens, d. h. wie sie von den Gebildeten gehandhabt wird. Varro schreibt deshalb dem Lucilius das „gracile genus dicendi" d. h. venustas und subtilitas des Ausdrucks zu. Gar vielfache Verwandtschaft hat sie deshalb mit der lateinischen Komödie, theils mit der urbaneren des Terenz und Cäcilius, theils mit der derberen des Plautus. — Dabei ist jedoch zu beachten, dass Lucilius, wie die nachfolgenden Satiriker, nur selten eigentliche Wortwitze haben. Offenbar betrachteten sie diese mehr als eine Domäne der Komödie.

Noch durch einen andern Umstand erinnert des Lucilius Satire sehr an die Komödie, dadurch, dass sie sehr häufig die Form des Gespräches hatte. Dies giebt ihr eine dramatische Lebendigkeit und mit Recht hat Horaz diese Eigenthümlichkeit des Lucilius, wenn auch seltener, nachgeahmt. So erklärt es sich, dass die späteren Grammatiker den Lucilius gelegentlich geradezu unter die Komiker rechnen.

Hierbei ist jedoch zu erinnern, dass schon die älteste Satire der Römer dialogische Form hatte, auch Ennius sich derselben zuweilen bediente. — Wie die Sceniker hatte auch Lucilius in den Diverbien, je nach Stand, Geschlecht und Charakter der auftretenden Personen, manche stilistische Differenzen.

Zuweilen nimmt, öfter als Horaz, Lucilius einen höheren Schwung. Dagegen fällt er nie (selbst im neunten Buch nicht) in den lehrhaften, schulmeisterlichen Ton, der unter den späteren Satirikern besonders dem Persius häufig ist.

Sehr häufig rühmen die Alten, auch Horatius, der ihn doch vielfach tadelt, des Lucilius „urbanitas". Was bedeutet dies Lob? und war er dessen würdig?

Unter „urbanitas" verstand der Römer, wenn von Schriftstellern die Rede ist, jene Gemessenheit, jene Reinheit und Eleganz des Ausdrucks, wie sie nur in der Stadt Rom selbst, nicht in den Kleinstädten (oppida) Italiens erworben werden könnten. Im Gegensatz hierzu warf bekanntlich Asinius Pollio dem Geschichtsschreiber Livius Patavinität der Sprache vor.

Man kann ebenso wenig läugnen, dass Lucilius mit feiner Nase („emunctae naris" nennt ihn Horaz) die Laster und Mängel der Zeitgenossen ausgespürt hat, als dass er sie oft mit grosser Anmuth geschildert. Gleichwohl aber mangelt es nicht an Cruditäten und Geschmacklosigkeiten, wie sich solche in den Satiren des Horaz nur selten, in den Episteln nie finden. Wir müssen bei jenem Urtheil der Alten berücksichtigen, dass sie überhaupt Derbheiten und Unschicklichkeiten des Ausdrucks, wenn sie durch die Natur der zu beschreibenden Gegenstände hervorgerufen waren, leicht entschuldigten; müssen ferner berücksichtigen, dass, was in des Lucilius Zeit für urban galt oder wirklich urban war, doch in verfeinerten Zeiten, wie die des Horaz, öfters roh erscheinen konnte. Horaz sagt dies Sat. I, 10, 64—71 ausdrücklich.

Dass die Darstellung des Lucilius nicht die heitere Ruhe und ungeschminkte Grazie haben konnte, die den Horaz auszeichnet, ergiebt sich schon daraus, dass die Alten einstimmig als das Wesentliche seiner Darstellung die acerbitas und mordacitas hervorheben. Juvenalis sagt von ihm:

> ense velut stricto quotiens Lucilius ardens
> infremuit, rubet auditor, cui frigida mens est
> criminibus.

Oft bedient sich deshalb Lucilius der Keulenschläge, wo Horatius in gleichem Falle nur Ruthenstreiche oder gar Nadelstiche angewandt hätte.

Mit mehr Recht wird man, was das Massvolle der Darstellung betrifft, den älteren Zeitgenossen des Lucilius Terentius als Beispiel der „urbanitas" bezeichnen, vor welchem Autor Lucilius freilich sonst viele Vorzüge voraus hat. Manche sprachliche Eigenheiten, wie die häufigen, gelegentlich harten Asyndeta, das Anhäufen verwandter Begriffe theilt Lucilius mit allen römischen Dichtern bis auf Lucretius; ebenso die Neigung zur Alliteration, die so oft in seinen Versen bemerkt wird. Im übrigen hat seine Sprache, wie schon oben gesagt, viel Aehnlichkeit mit der der römischen Komiker, zumal in den iambischen und trochaischen Partieen. Andererseits musste ihm vielfach des Ennius Beispiel zum Muster dienen, der bekanntlich den daktylischen Hexameter, das von Lucilius vorzugsweise angewandte Metrum, zuerst von allen römischen Dichtern eingeführt hat. Mit den Komikern theilt Lucilius die Anwendung vieler plebejischen Ausdrücke, den Reichthum an Schimpfwörtern und Obscönitäten, ferner an Diminutiven, die Vorliebe für Abstracta (die sich auch in der römischen Tragödie häufig finden und der mehr verstandesmässigen Anlage des römischen Volkes offenbar sehr zugesagt haben), die redselige Breite der Darstellung. An des Ennius „Annalen" erinnern zunächst die Stellen, wo des Lucilius Rede einen höheren Schwung nimmt, ferner manche sprachlichen Eigenthümlichkeiten, welche Terenz und die späteren Komiker meiden, die Daktyliker aber, die weit weniger die Sprache des gemeinen Lebens nachahmen, aus metrischen Gründen bewahrt haben, z. B. der Genitiv auf „āi", die Adverbien „simitu" und „noenu" für „simul" und „non", „facul" für „facile" (den Gebrauch der Form „facul" verspottet der Komiker Afranius, ein Zeitgenosse des Lucilius, an dem Tragiker Pacuvius). Dagegen gebrauchte er niemals „olli", „ollis" für „illi", „illis", welche Formen sich nur bei den Daktylikern, und zwar in den höheren Stilarten, finden.

Von auffälligem Gräcismen der Darstellung kann bei Lucilius begreiflicherweise nicht wohl die Rede sein.

Bekanntlich macht Horaz dem Lucilius zum Vorwurf, dass er häufig griechische Worte unter sein Latein gemengt habe, nicht etwa blos, wie die übrigen Satiriker, latinisirte, sondern ganz ohne Veränderung. Selbst griechische Verse und Halbverse finden sich öfters bei Lucilius. Man hat zur Entschul-

digung des Satirikers die Behauptung aufgestellt, er habe
griechische Worte hauptsächlich angewandt, um die gräcisi-
renden Neigungen der Römer, zumal ihrer Dichter, zu verspotten. Allerdings finden sich solche Stellen bei Lucilius,
z. B. I, 37; ex libr. inc. 9; allein weit zahlreicher sind die
Beispiele, wo er nur aus metrischen Gründen, oder gar, um
sich mit seiner Gelehrsamkeit zu brüsten, griechische Worte
und Phrasen aufgenommen hat. Aus der Flüchtigkeit, mit
der er die Verse aufs Papier warf, erklären sich auch andere
Besonderheiten seiner Sprache, z. B. die häufige Wiederholung
desselben Wortes, oder das in Vergleichungen allzuoft am
Versende zurückkehrende „olim". — Interessant ist übrigens,
dass sich aus Lucilius ergiebt (vgl. XXVIII, 6), dass das
Wort „schola" zu seiner Zeit noch nicht in die lateinische
Sprache aufgenommen war. Bald nach Lucilius wimmelte es
freilich in Rom von Schulen der Grammatiker und Rhetoren.

Dass aus Lucilius Satiren so viele Archaismen von den
Grammatikern angeführt werden, dient gerade zum Beweise,
dass er die Sprache der Gebildeten seiner Zeit im Ganzen
treu wiedergegeben hat; denn in den nächsten hundert Jahren
nach seinem Tode, auf welchen bekanntlich schnell das klassische
Zeitalter der römischen Litteratur folgte, hat sich die lateinische Sprache so gewaltig verändert, dass die Autoren bis
zum Jahr 650 der Stadt bald ohne Commentatoren und Glossa-
toren gar nicht mehr zu verstehen waren.

Entsprechend der Sprache des gewöhnlichen Lebens zeigen
des Lucilius Satiren wenig Beispiele umfangreicher und kunst-
voller Perioden, die freilich überhaupt weit mehr der gebildeten Prosa als der Poesie conveniren. Im Ganzen zeichnen
sich die daktylischen Gedichte des Lucilius vor den iambischen
und trochaischen durch grössere Strenge und Sorgfalt der
Darstellung aus.

Besonders macht Horaz dem Lucilius zum Vorwurfe seine
geringe Sorgfalt in der Verskunst, er nennt ihn „durus com-
ponere versus", und behauptet sogar, ohne Zweifel stark
übertreibend, dass er oft in einer Stunde, sogar auf einem
Bein stehend, 200 Verse gemacht hätte. Jener Vorwurf ist
sehr oft wiederholt und nur sehr selten bezweifelt worden.

Wir müssen, um die Sache gründlich zu entscheiden, etwas näher auf die metrische Gestalt der Satiren des Lucilius eingehen. Dieselben bestanden ursprünglich aus zwei volumina, von denen das zweite (Buch 26—30) früher geschrieben und publicirt ist, als das erste (man sehe Cap. I meiner quaestiones Lucilianae). Deshalb steht auch die Einleitung, in welcher Lucilius es rechtfertigt, dass er, zurückgezogen vom Staatsleben, sich ganz der satirischen Muse gewidmet hat, zu Anfang des 26sten, und nicht zu Anfang des ersten Buches. Es ist aber keineswegs unglaublich, dass Lucilius selbst beide volumina in ein Corpus vereinigt hat, obgleich dies auch von einem Grammatiker späterer Zeit geschehen sein kann. Weshalb ist es nun geschehen, dass die der Zeit nach ersten Bücher an die letzte Stelle kamen? Ohne Zweifel aus metrischen Gründen, weil die Versmasse der ersten fünfundzwanzig Bücher den gebildeten Römern mehr zusagten, als die der letzten fünf. Buch 26 und 27 waren nämlich in trochaischen Tetrametern geschrieben, in den beiden folgenden fanden sich neben diesem Metrum iambische Trimeter und daktylische Hexameter. Das 30ste Buch bestand blos aus Hexametern. In gleichem Metrum waren auch die ersten zwanzig Bücher abgefasst; Buch 22 bestand, wie es scheint, aus elegischen Distichen von den übrigen finden sich keine Fragmente. Jene Iamben und Trochäen nun unterschieden sich zwar übrigens durch Strenge des Versbaues sehr wesentlich von denen der römischen Dramatiker, stimmten aber mit diesen darin, dass sie den Spondeus, resp. Anapäst und Daktylus überall, mit Ausnahme des letzten Iambus, statt des Iambus und Trochäus zuliessen, obschon seltner als die Sceniker, auch sehr freigebig waren mit der Auflösung der Arsen, mit Ausnahme der letzten. Die Dramatiker haben diese Freiheit bis zum Ende der Republik bewahrt, die übrigen Dichter nur theilweise; Catull z. B. kennt sie durchaus nicht. Auch harte Synizesen und Elisionen sind in den Iamben und Trochäen des Lucilius häufiger als in den daktylischen Versen. Offenbar missfielen dem römischen Publicum, je mehr die daktylische Dichtung gepflegt wurde, jene den griechischen Dichtern fremden Freiheiten der iambischen und trochaischen Metren. So wurden denn auch die Bücher des Lucilius, die durchweg in daktylischen Metren geschrieben waren, weit mehr gelesen als die übrigen, und ihnen verdankte er hauptsächlich seine Popularität. Wenn auch Horaz vermuthlich alle Bücher des Lucilius gelesen hat, nimmt er doch in seiner Kritik nur auf die daktylischen Rücksicht. Wir würden überhaupt vom Buch 26—30 sehr wenig wissen ohne Nonius. Aus diesem Grunde sind denn auch jene im daktylischen Metrum geschriebenen 25 Bücher ohne Rücksicht auf die Zeit an die Spitze der Sammlung gestellt worden, Buch 26—29 (von denen das 30ste, wie gleich der Anfang zeigt, nicht zu trennen war) gleichsam als Aschenbrödel an den letzten Platz.

Die Iamben und Trochäen des Lucilius sind, abgesehen von den vorhin erwähnten Eigenheiten, mit solcher metrischen Kunst gefertigt, dass sie füglich keinen Tadel verdienen. Die Kritik des Horaz berücksichtigt auch, wie wir gesehen haben, nur die daktylischen Verse. Nun finden sich in diesen bei Lucilius freilich harte Elisionen, Synizesen, Tmesen, gelegentlich auch ein Hexameter ohne Cäsur. Allein die meisten metrischen Härten des Lucilius begegnen auch in des Horaz Satiren (weit strenger ist seine Metrik in den Episteln). Wo sich wirklich unförmliche Verse bei Lucilius finden, zeigt sich meist, auch aus dem mangelhaften Sinne, dass sie durch Schuld der Abschreiber verderbt sind, oder es lässt sich doch mit ganz geringer Aenderung ein eleganter Vers herstellen. — Wie lässt sich also das harte Urtheil des Horaz erklären? Ich glaube, Horaz hat die Fehler des Lucilius übertrieben, nicht aus Hass gegen diesen, sondern weil seine Bewunderer zur Zeit des Augustus, wie dies oft geistlose Nachahmer zu thun pflegen, vielmehr die Fehler des Lucilius als seine Vorzüge priesen, und auch das lobten, was höchstens entschuldigt werden konnte. Sie berücksichtigten also in des Lucilius Metrik weit weniger das Streben nach Eleganz, das unläugbar bei ihm zu finden ist, als die Härten und Nachlässigkeiten, welche bei ihm, da er seine Verse rasch hinzuschreiben pflegte, natürlich sind, und sich auch bei einem Zeitgenossen der Gracchen weit leichter entschuldigen lassen, als bei einem Zeitgenossen des Augustus. Auch übrigens rügt Horaz stark genug, dass die Bewunderer der altlateinischen Dichter, z. B. des Plautus, Ennius, Pacuvius, Accius, vielmehr ihre Fehler als ihre Vorzüge priesen, und für Mängel, die höchstens Entschuldigung beanspruchen könnten, sogar noch Lob verlangten.

Da Horaz zwei Grundsätze als unerlässlich für die Dichter seiner Zeit aufgestellt hatte, genaues Studium der ältesten und besten Dichtungen Griechenlands, allerdings vermittelt durch die Alexandriner, und sorgfältige Feile der Sprache und Metrik, so kann man es ihm nicht verdenken, dass er gelegentlich die geringere Sorgfalt der altrömischen Autoren mit zu schwarzen Farben malt; wir haben aber durchaus keinen Grund über Lucilius cum ira et studio zu urtheilen.

Lucilius theilt, wie nach dem Gesagten erhellt, durchaus das Streben nach grösserer Concinnität und Eleganz der Sprache und Metrik, das sich bei den römischen Dichtern seit dem Jahre 150 v. Chr. merklich machte und bis zur Zeit des Augustus fortwährend wuchs, auch im ersten Jahrhundert n. Chr. fortlebt.

Wenn es das Wesentliche eines grossen Dichters ausmacht, dass er in Fleisch und Blut seines Volkes übergeht, so war Lucilius sicherlich ein grosser Dichter. Nicht nur zu Cicero's und Varro's Zeit war er populär, sondern auch unter der Regierung des Augustus. Ja selbst noch am Ende des ersten Jahrhunderts nach Christus gab es, nach Quintilians Zeugniss (X, 1, 93), Römer, die ihn nicht blos allen Satirikern, sondern sämmtlichen Dichtern vorzogen. Als dann seit den Zeiten des Hadrianus das Studium der republikanischen Autoren sich von Neuem belebte, wurde auch Lucilius allgemein studirt. Des Gellius und Fronto Werke zeugen dafür. Schon früh hatte er Commentatoren gefunden; der Grammatiker Valerius Cato unternahm es sogar, um die Zeit des Horaz seine metrischen Mängel zu bessern. Was sich von Lucilius bei Nonius und andern Grammatikern der letzten Jahrhunderte des römischen Reiches erhalten hat, stammt ohne Zweifel aus den Werken der Gelehrten der Zeit des Cäsar und Augustus, dann des ersten und zweiten Jahrhunderts n. Chr., welche theils gelegentlich, theils in besonderen Werken die sachlichen und sprachlichen Schwierigkeiten des Satirikers zu beseitigen suchten. Erst seit dem dritten Jahrhunderte nach Christus, als überhaupt die gelehrte Bildung verfiel, gerieth auch Lucilius (wie Ennius) in Vergessenheit. Es scheint sich nur eine Anthologie aus seinen Werken, ähnlich der aus den Mimen des Publius Syrus, erhalten zu haben, die sogar in den Schulen gelesen wurde (vgl. S. 16 und 17 der quaest. Lucilian.).

Alle uns erhaltenen Satiriker des römischen Alterthums: Horaz, Persius, Juvenalis haben in Nachfolge des Lucilius den Hexameter als Metrum der Satire erwählt; alle bezeugen auch, dass sie Lucilius als Vorbild verehrten; Horaz an den vorhin citirten Stellen, Persius und Juvenalis im Anfang ihrer Satiren. Sehr lebendig schildert das erste Gedicht des Juvenalis die Aufgabe der Satire, wie sie von den Nachahmern des Lucilius aufgefasst wurde.

Allerdings hat Horaz den Begriff der Satire noch weit strenger gefasst als Lucilius, der, wie wir oben gesehen haben, häufig an die Satire des Ennius erinnert. Der Zweck durch Spott und Tadel zu bessern, tritt noch weit schärfer bei Horaz hervor, ebenso die Subjectivität des Dichters. Freilich war es mit jener Redefreiheit, die Lucilius einst gegen Hohe wie gegen Niedere angewendet hatte, vorbei. Die persönlichen Invectiven bei Horaz, Persius und Juvenalis sind äusserst zahm im Vergleich mit Lucilius. Die namentlich getadelten oder verspotteten Persönlichkeiten sind entweder dem niedern Volk angehörig oder Verstorbene, am häufigsten Typen ganzer Stände oder bestimmter Charaktere, des Geizigen, Schlemmers u. s. w. Die Satire der Kaiserzeit erinnert in ihren persönlichen Anspielungen und Beziehungen eben so sehr an die neuere Komödie der Attiker als die des Lucilius an die alte. Auch haben des Horaz und Persius Satiren eine specifisch philosophische Färbung, von der bei Lucilius, obwohl er mit der Philosophie bekannt war und sich gelegentlich über die Philosophen lustig machte, wenig zu spüren ist. Allein gerade das, wodurch die Satire erst ein selbständiges Bestehen gefunden hat, dankt sie unwidersprechlich dem Lucilius, und mit Recht bezeichnet ihn demnach Horaz als ihren Erfinder, im Gegensatz zu Ennius, der allerdings zuerst die altrömische, regellose „satura" in die Litteratur eingeführt hatte (vgl. S. 295 des Commentars zu Lucilius). Horaz ahmt auch dem Lucilius sehr häufig nach. Die Scholiasten, besonders Porphyrio, weisen darauf öfters hin; andere Nachahmungen sind von mir nachgewiesen. Ich sagte zu Anfang dieses Aufsatzes, dass wir vielleicht kein Werk des römischen Alterthums so schmerzlich entbehren als die Satiren des Lucilius. Sowohl was das religiöse und politische, als was das gesellige und litterarische Leben des römischen Volkes während des Freistaates betrifft, würden sie uns eine Menge ungeahnter Aufschlüsse geben. Aber nicht blos das sachliche Interesse, sondern auch der ästhetische Genuss würde dabei seine Rechnung finden. Mag auch Lucilius, wie wir gesehen haben, viele Mängel haben, die freilich zum grossen Theile mehr seinem Zeitalter, als ihm zur Last fallen, an Originalität, Freimüthigkeit, Energie übertrifft er alle seine Nachfolger. Wir würden es, wenn wir Lucilius besässen, verschmerzen, dass die römische Bühne keinen Aristophanes hervorgebracht hat. Dazu käme noch die Vermehrung unserer Kenntniss auf dem so schwierigen Gebiete der altlateinischen Sprache und Metrik, welche Disciplinen schon aus den vorhandenen Fragmenten grossen Nutzen zu ziehen im Stande sind. Zum Beweise der Reichhaltigkeit des Inhaltes sei es mir verstattet am Schluss eine Anzahl Scenen, die sich aus geeigneter Zusammenstellung der erhaltenen Bruchstücke darbieten, dem Leser vorzuführen. — Vorher bemerk' ich nur, dass über die Reihenfolge der einzelnen Satiren, abgesehen von ganz vereinzelten Notizen, nichts feststeht.

Zu Anfang des ersten Buches (welches jetzt das 26ste ist) legte Lucilius einem Freunde ausführlich die Gründe dar, weshalb er zurückgezogen von der politischen Thätigkeit sich ganz der Poesie gewidmet habe. Er sagt dort unter Anderem:

mihi quidem non persuadetur, publicis mutem ut meos;

„publicis" bedeutet hier soviel wie das griechische τελωνεία; Lucilius sagt, er wolle nicht, um Pächter von Staatszöllen zu werden, die Seinen verlassen. Und gleich darauf heisst es:

publicanu' vero ut Asiae fiam scripturarius
pro Lucilio, id ego nolo, et uno hoc non muto omnia.

Sein Freund möge sich um Ehren und Reichthümer bemühen und nur ihm gestatten anderen Grundsätzen zu folgen:

quod tibi magno opere cordi est, mihi vementer displicet.

Zum Schlusse heisst es:

quapropter deliro et cupide officium fungo ruderum.

Hier ist „delirare" doppelsinnig: es kann entweder bedeuten: „ausserhalb des Weges liegen" wie die rudera, oder auch „wahnsinnig sein", nämlich nach der Meinung der grossen Menge.

Sein Freund entgegnet, er billige es, dass er sich aus den wilden Stürmen des Lebens in die Ruhe flüchte (Fragm. 20).

Unter Anderm hatte Lucilius auch seinen kränklichen Zustand als Grund seines Entschlusses angegeben (vgl. Fragment 21—25). Ueber die Leser, die er sich wünscht, sagte er sehr bezeichnend, er schreibe nicht für hoch gebildete Männer wie C. Persius, aber ebenso wenig für ganz ungebildete:

nec doctissimis. nam Gaium
Persium haece legere nolo, Iunium Congum nolo.

(vgl. auch XXVI, 2; XXIX, 77).

In demselben Buche wurden ausführlich besprochen und verspottet die gleichzeitigen Tragiker wegen ihres Schwulstes, ihres Ueberflusses an Worten, ihrer Vorliebe für verkünstelte Ausdrücke, ohne Zweifel stellte Lucilius zugleich jener hochtrabenden Poesie seine eigene bescheidenere, aber dafür auch mehr geniessbare entgegen. „Ich habe mir verzeichnet", sagt er:

si quod verbum inusitatum aut zetematium offenderam;

nämlich bei den römischen Tragikern. Und zu diesen gewendet: „sprecht wie Menschen pflegen, wenn ihr wirklich

Menschen, nicht portenta anguisque volucris ac pinnatos schildert." Es folgen nun eine Menge Beispiele poetischer Geschmacklosigkeit. So wird aus des Pacuvius „Chryses" notirt das folgende:

di monerint meliora, amentiam averruncassint tuam!

Lucilius meint für das veraltete „averruncare" wäre ebenso gut gewesen „avertere". In einer anderen Tragödie hiess es von einem Unglücklichen, vielleicht von Ajax, er schwanke,

suspendatne sese an gladium incumbat, ne caelum bibat.

Mit Recht missfällt Lucilius der Ausdruck „caelum bibere" für „bibere" oder noch besser „haurire auras caelestes" (vgl. meinen Commentar zu Fragm. 37).

Von einem anderen Unglücklichen heisst es:

hic cruciatur fame,
frigore, inluvie, inperfundie, inbalnitie, incuria.

Dem Agamemnon wurde gewünscht, vermuthlich in der „Hecuba" des Accius, er möge ausser anderem Ungemach finden „conjugem infidam, flacitam familiam, impuram domum".

Man sieht leicht, dass der „tragicus tumor" an beiden Stellen dem Lucilius missfallen hat; ferner an der ersten das seltsame Wort „inperfundie," an der zweiten „flacitam" (für „flaccitam"), wie sich oft im vorklassischen und nachklassischen Latein „occasus" und „obitus" für „mortuus" finden, ausserdem vielleicht „inpuram". In diesem Fall wäre freilich selbst Properz zu tadeln, der einmal sagt, es freue ihn, „auribus puris scripta probasse sua". Nicht minder Recht hat er, wenn ihm die folgenden Verse nicht behagen (frgm. 43; 44):

haec tu si voles per auris pectus inrigarier.
quaenam vox ex tete resonans meo gradu remoram facit?

Besonders missfielen dem Lucilius die „verba sesquipedalia" der Tragiker, wie Horaz sie nennt, zumal da sie meist mit geringer Anmuth aus nominibus substantivis oder adjectivis und verbis zusammengesetzt waren. Danach wird man leicht begreifen, warum er die folgenden Verse tadelt (frgm. 34; 35; 42):

domitionis cupidi imperium regis paene imminuimus.
ego enim contemnificus fieri et fastidire Agamemnonis.
nunc ignobilitas his mirum, taetrum ac monstrificabile.

„Domitio" ist gleich „domum itio" (reditus).

So verspottet derselbe im fünften Buche den Vers des Pacuvius:

Nerei repandirostrum, incurvicervicum pecus

folgendermassen:

lascivire genus nasi rostrique repandum.

Zuweilen ist des Lucilius Tadel kleinlich, wie wenn er den Gebrauch von „de" für „a" tadelt in dem Verse:

solus idem vim de classe prohibuit volcaniam.

„Idem" geht auf den älteren Ajax.

In demselben Buche erwähnte er die bekannte Thatsache, dass die alten Römer oft in Schlachten, aber nie im Kriege besiegt seien. Ihnen stellt er gegenüber die Zeitgenossen, die von dem Barbaren Viriathus besiegt seien, während ihre Vorfahren selbst einen Hannibal überwunden hätten. An dieser Stelle ist ein sehr lächerlicher Irrthum des Nonius zu bemerken, der Viriathus, weil dieses Wort, wie zu des Lucilius Zeit üblich, ohne „h" geschrieben war, für ein Adjectivum in der Bedeutung „magnarum virium" fasste. Ebendaselbst war erwähnt des Marcus Popillius Länas schimpflicher Krieg gegen Numantia und zugleich der Sieg des Publius Scipio:

percrepa pugnam Popilli, facta Corneli cane.

„Percrepa" geht auf die Muse.

Sehr schön ist der Anfang des 27. Buches, wo Lucilius sagt, er könne dem römischen Volk nur Verse spenden, das Heil komme vom Juppiter Optimus Maximus (frgm. 1; 2):

re populi salutem fictis versibus Lucilius,
quibu' potest, inpertit totumque hoc studiose et sedulo.
sospita, inperti salute et plurima et plenissima.

In demselben Buch beschrieb er seinen Charakter, der von den Leidenschaften der Menge nicht berührt werde:

nulli me invidere, non strabonem fieri saepius
deliciis me istorum.
ceterum quid sit, quid non sit, ferre aequo animo ac fortiter.
„Strabonem fieri" bedeutet: neidische Blicke werfen.
Der Pöbel pflege im Gegentheil:
re in secunda tollere animos, in mala demittere.
Vortrefflich werden in demselben Buche die wahren
Freunde von den falschen unterschieden. Ich führe der Kürze
wegen nur die folgenden Verse an:
cocu' non curat caudam insignem esse hillai, dum pinguis siet.
sic animum quaerunt amici, rem parasiti ac ditias.
Der Sinn ist: wie der Koch bei einer Wurst nicht auf die
äussere Schönheit, sondern auf den inneren Gehalt sieht, so
lieben die aufrichtigen Freunde unsern Charakter, die er-
heuchelten unser Vermögen. „Hillai" ist Genitiv für „hillae":
„ditias" steht für „divitias". Die ganze Stelle (frgm. 10—14),
die Horaz mehrfach nachgeahmt hat, verdient nachgelesen zu
werden.

In dem 28. Buche war mehrfach die Rede von den
griechischen Philosophen; unter anderem berührt Luc. die Behauptung des Empedocles, die Natur bestände aus vier Ele-
menten: Erde, Wasser, Luft und Aether (vgl. Lucret. I, 714
fgdd.). Es äussert Jemand (frgm. 1) zu Lucilius die Absicht
einen Andern anzuklagen. Lucilius entgegnet, dann würde
dieser vor des Lupus Tribunal kommen. Jener meint, er
würde sich nicht stellen. Dann werde ihn Lupus in die Ver-
bannung schicken, zweier Elemente berauben, nämlich des
Wassers und Feuers (bekanntlich wurde oft Aether und Feuer
identificirt). Lucilius spielt hier witzig an auf die bekannte
Formel „aqua et igni interdicere alicui". Sollte dies aber dem
Lupus noch nicht genügen, so werde er ihn gar des Lebens
berauben, ihm die beiden übrigen Elemente, Erde und Luft,
d. h. Leib und Odem rauben. — In demselben Buche war die
Rede von dem Polemon, der bekanntlich aus einem leicht-
fertigen Verspotter des Philosophen Xenocrates sein eifrigster
Schüler wurde. Auch Epicurs Lehre von den Atomen wurde
erwähnt.

In diesem Buche, wie auch zahlreich anderweit, gedachte Lucilius seiner Liebschaften. Wir kennen zwei seiner Geliebten mit Namen, die Hymnis und die Collyra, zu deren Ehren das 16. Buch „Collyra" betitelt war. Im 29. Buche gedachte Lucilius wieder der gleichzeitigen unglücklichen Kriege Roms, vermuthlich in Spanien, und führte wieder zum beschämenden Vergleiche die Besiegung Hannibals, des „veterator" und „vetulus lupus" an. Ebendaselbst (frgm. 5—8) kam er wieder auf die griechischen Philosophen zu sprechen. An einer andern Stelle (9, 10) verspottet er den Tragiker Euripides wegen einer angeblich wenig logischen Beweisführung in der Tragödie „Cresphontes". Besonders bemerkenswerth ist die äusserst lebendige Schilderung eines Gastmahls, dem sich eine nächtliche Wanderung durch die Stadt Rom anschloss, bei welcher viel Unfug seitens der Zecher, viel Scandal und verschiedene Prügeleien vorfielen. Bekanntlich werden oft von den alten Dichtern ähnliche Scenen leichtfertiger Jünglinge beschrieben. Ausführlicher war gedacht der Abenteuer, die Lucilius, oder ein anderer der Gäste, mit seinem Sclaven Gnatho erlebte. Nach verschiedenen Zufällen retteten sich beide endlich in ein Haus, dessen Besitzer aber dafür eine Belohnung beanspruchte.

In dem 30. Buch gedenkt Lucilius zuerst (frgm. 1—4) des Ruhmes, den er durch seine Satiren erworben habe, und durch den namentlich Accius ganz in den Hintergrund gedrängt sei. Dann kommt eine ausführliche Verherrlichung der Kriegsthaten eines Freundes (vermuthlich des jüngeren Scipio), der ihm brieflich seine schon durch das Gerücht bekannt gewordenen Siege vermeldet hatte. Es folgt (frgm. 20—33) ein höchst lebendiges Gespräch zwischen zwei Kerlen, die sich gegenseitig ihre Uebelthaten vorwerfen. Die Fragmm. 45—47 schildern wieder ein Zechgelage, wo einer der Theilnehmer zu viel getrunken und die daraus resultirenden Uebel erlitten hatte. In Fragment 48—53 wird ein Mädchen beschrieben, das ausgezeichnet durch Schönheit mit tugendhaftem Sinne alle Verlockungen und Drohungen zurückweist. Sie sagt „juratam se uni, cui sit data deque dicata" (d. h. „dedicataque"). Der Verführer sucht sie zu schrecken:

> an equam te acrem atque animosam
> Thessalam et indomitam frenis subigamque domemque?

Darauf entgegnet sie mit Verachtung:

> tune jugo jungas me apte et succedere aratro
> invitam et glebas subigas proscindere ferro?

Bekanntlich werden oft von den alten Dichtern widerspänstige Mädchen mit Füllen verglichen; so in einem schönen Fragment des Anacreon (75 in Bergk's „poëtae lyrici graeci", dritte Ausg.); wie auch Horaz von der Lyde sagt (Od. III, 11, 9, 10):

> quae velut latis equa trima campis
> ludit exsultim metuitque tangi.

In einer anderen Gruppe von Fragmenten (54—59) wird das Treiben einer Buhlerin geschildert, die ihren ganzen Haushalt im Stich lässt, ihrer unerlaubten Liebe zu fröhnen. Ganz verschieden von ihr ist frgm. 60, 61 die treue Gattin, die wegen des auf dem Meere befindlichen Mannes in Sorge vergeht

Ueberhaupt bedarf es kaum der Erwähnung, dass von erotischen und sympotischen Scenen der verschiedensten Art die Satiren des Lucilius wimmelten.

Wie Ennius, hatte auch Lucilius seinen Satiren öfters äsopische Fabeln eingereiht, nur dass er sie nicht zum alleinigen Gegenstand eines Gedichtes machte. Des Lucilius Beispiel ist gefolgt Horaz; auch sieht man leicht, wie geeignet die äsopische Fabel mit ihrer praktischen Lebensklugheit für die römische Satire war. Im 30. Buche des Lucilius ward erzählt die bekannte Fabel vom Fuchs, der den kranken Löwen besucht, sich aber weigert ihm zu nahe zu kommen aus folgendem Grunde:

> quid sibi volt, quare fit, ut introvorsus et ad te
> spectent atque ferant vestigia se omnia prosus?

Vgl. frgm. 65—69 und Hor. Ep. I, 1, 73—75. — „Prosus" steht für „prorsus".

Aus den einzelnen Büchern von 1—25 sind nicht so viel Fragmente erhalten als aus den letzten fünf. Ich will mich deshalb begnügen, aus Buch 1, 3 und 9 einige Gruppen von Fragmenten ausführlicher zu besprechen.

In der Vorrede zum ersten Buche hatte Lucilius gesagt, dass er nicht so wichtige Themen behandle, wie Ennius, der in seinem Epicharmus und Euhemerus die schwierigsten Fragen der Natur der Dinge besprochen hatte; er könne deshalb nur wenige Leser beanspruchen, solche, die ihre Zeit verderben wollten (übrigens leidet es keinen Zweifel, dass die Satiren des Lucilius unendlich viel mehr gelesen wurden von den Römern, als jene fast nie erwähnten Dichtungen des Ennius).

Das erste Buch begann in komischer Grandezza mit einer Versammlung der Götter, die den schon erwähnten Lupus wegen seiner staatsfeindlichen Gesinnung zu verderben beschlossen hatten. Juppiter oder Mars fragte, wie es möglich sei, noch länger das römische Reich zu schützen vor einem so ehrgeizigen und mächtigen Manne, wie Lupus. Dabei wurde der Entartung der damaligen Römer gedacht, und gesagt, man müsse scharfe Mittel anwenden, damit nicht die Uebel, die an Roms Bestehen nagten, krebsartig um sich frässen (frgm. 14). Ganz ähnlich lautet eine Stelle bei dem Lucilius geistesverwandten Varro, der im dritten Buche de vita pop. Rom. sagte: „quo facilius animadvertatur per omnes articulos populi hanc mali gangrenam sanguinulentam permeasse." Vgl. auch Ov. Metamorph. I, 190, 191. Darauf ward die Hoffnung ausgesprochen, dass die schlechten Bürger Roms nicht immer sich der Nachsicht der Zeitgenossen zu erfreuen haben würden.

In dem 3. Buche behandelte Lucilius die Reise, die er mit einem Freunde zum Vergnügen nach Unteritalien, Sicilien und den benachbarten kleinen Inseln gemacht hatte. Dies ist das älteste Beispiel einer launigen Reisebeschreibung, wie solche von den späteren Dichtern so oft gegeben sind. Besonders berühmt ist des Horaz „iter Brundisinum", das, wie schon die Alten bemerkten, dem dritten Buch des Lucilius nachgeahmt ist. Nachdem sie auf einer Karte sorgfältig die Länge des Weges ermessen hatten, machten sie sich auf den Weg, zunächst nach Capua, dann, meist zu Schiffe, an der Westküste Italiens nach Bruttium, von wo sie später nach Sicilien gingen. Auf dieser Reise hatten sie verschiedene Abenteuer. Sie wurden von Stürmen zu Lande und zu Wasser verfolgt. Bald taugte das Pferd nicht, bald die Sänfte. Einmal kamen sie, vermuthlich in Bruttium, in eine ganz verlassene Gegend, wo sie nur eine syrische Gastwirthin fanden. Lucilius, der sehr gern gut ass (in seinen Fragmenten wird oft Gastronomisches erwähnt), beklagt sich, dass es dort keine Leckerbissen gab, weder Austern, noch Spargeln, noch Aehnliches; denn es gälten an jenem Orte schon ein Becher mit elendem Krätzer und Rautenkraut für Delikatessen:

> ostrea nulla fuit, non purpura, nulla peloris,
> asparagi nulli; nam mel regionibus illis
> incrustatu' calix, rutai caulis habetur.

Im 3. Buch, wie im 9. und 10., verspottete Lucilius auch emsig die römischen Dichter.

Sehr witzig und anmuthig ist im 5. Buch (frgm. 7—24) die Beschreibung einer cena rustica.

Höchst interessant, wenigstens für Philologen, ist das 9. Buch, worin er Fragen der Grammatik, vermuthlich auch der Metrik und Rhetorik besprach. Ausser der Orthographie behandelte er, wie es scheint, der Reihe nach die verschiedenen Redetheile, indem er besonders eifrig die Barbarismen und Solöcismen, wie sie damals selbst bei Gebildeten häufig waren, berichtigte. Was seine orthographischen Untersuchungen anlangt, so bekämpfte er hauptsächlich die Ansichten des Accius, der unter anderm die Theorie aufgestellt hatte, man solle nach dem Beispiel der Osker das lange „a", „e", „u", durch Verdoppelung des Vocals ausdrücken, das lange „i" nach dem Beispiel der Griechen durch „ei". Lucilius hielt dies für überflüssig, billigte aber doch auch seinerseits einige ziemlich unnütze orthographische Distinctionen, um Verwechselungen vorzubeugen. So rieth er, man solle die Endung des Genitivs und Dativs im Singular der ersten Declination, um sie von dem Nominativ Pluralis zu scheiden, „ai" schreiben, und umgekehrt den Nominativ Pluralis der zweiten Declination zur Unterscheidung vom Genitiv Singularis „ei". Ferner sollte im Nominativ Pluralis „illei", im Dativ „illi" geschrieben werden, endlich, bei den Eigennamen auf „ius", im Vocativ „Furei", „Cornelei", im Genitiv „Furi", „Corneli". Auch bezeichnete er eine Anzahl Worte, die man theils um ihren Ursprung anzudeuten, theils um sie von gleichlautenden zu unterscheiden, mit „ei" und „ai" schreiben sollte (vgl. IX, 14 und meine Anmerk. zu IX, 6). Auch gegen die schon damals nicht unerhörte Verwechselung von „e" und „ae" eifert er. Dem C. Caecilius Metellus Caprarius, einem rohen und beschränkten Menschen, der praetor urbanus geworden war, sich aber „pretor" nannte, sagte er mit beissendem Wortspiel, es sei zu fürchten, dass aus dem „praetor urbanus" ein „pretor rusticus" werde. — Noch anderweitig war Lucilius bemüht, gleich oder ähnlichklingende Worte durch die Orthographie zu unterscheiden. Ferner beschäftigte er sich sehr eifrig mit der Assimilation der Präpositionen. Auch hier strebte er vor Allem nach Deutlichkeit. Er liess deshalb den Römern die Wahl, ob sie „accurrere" oder „adcurrere" schreiben wollten; dagegen dürfe man für „adbitere" nie „abbitere" schreiben, weil sonst leicht „adire" mit „abire" verwechselt werden könnte. Abgesehen von den Fällen, wo Zweideutigkeit entstehen konnte, zumal auch bei compositis, scheint Lucilius übrigens selbst nicht immer die Gemination von Consonanten angewendet zu haben. Es steht fest, dass die Römer bis auf Ennius überhaupt die Consonanten nicht verdoppelt haben, also z. B. stets „ager" für „agger", „vita" für „vitta", „palor" für „pallor" schrieben. Aber auch nach Ennius, bis zum Jahre 640 der Stadt, findet sich in den Inschriften keineswegs immer die Verdoppelung der Consonanten. So scheint auch Lucilius „meile" für „mille", „ager" für „agger" und ähnliches geschrieben zu haben. Denn selbst in den späten Kaiserzeiten hat man nicht immer die Consonanten verdoppelt. Vgl. meine Note zu XXVI, 65.

Bei seinen orthographischen Disputationen scheint Lucilius sämmtliche Buchstaben des römischen Alphabets berücksichtigt zu haben.

Sehr eifrig ist er ferner bemüht ähnliche Worte lexicalisch oder grammatisch zu unterscheiden. Er warnt vor der Verwechselung von „poësis" und „poëma", von „latus" und „later"; dagegen missbilligt er die abgeschmackten Unterscheidungen der Grammatiker zwischen „forfex", „forpex" und

„forceps". — Körper, die schon länger todt sind, schlägt er vor, nicht „mortua", sondern „emortua" zu nennen. — Er unterscheidet richtig „ad" und „apud" so, dass jenes die Bewegung, dieses die Ruhe ausdrückt. Im vulgären Gebrauch wurde „apud" häufig für „ad" gesetzt, wie im Deutschen „bei" für „zu", und so selbst bei Lucilius XXX, 54 in der Rede einer Frau.

In demselben Buch kam Lucilius, wie es scheint, auch ausführlich auf die grossen Dichter der Griechen zu sprechen, deren Nachfolge er eifrig empfahl.

Im Anfang des 10. Buches gab Lucilius wieder eine Kritik der gleichzeitigen Dichter, wobei er sich aber auch selbst nicht schonte.

Im 11. Buche war von kriegerischen Ereignissen in Gallien und Spanien die Rede; zugleich wird gelegentlich des Lucius Opimius gedacht, der sich bei der Theilung Numidiens von Jugurtha bestechen liess.

Eine Menge Fragmente des Lucilius werden ohne Erwähnung der Buchzahl citirt; obwohl ich viele derselben bestimmten Büchern zugewiesen habe, stehen doch noch gegen 150 unter dem Titel: „ex libris incertis". Auch hier lassen sich einige Gruppen ausscheiden. — Vielbewundert ist mit Recht die Darstellung, die Lucilius von der altrömischen virtus giebt:

virtus, Albine, est pretium persolvere verum
quis in versamur, quis rivimu' rebu' potesse:
virtus est, homini sciri quo quaeque abeat res:
virtus, sciri homini rectum, utile, quid sit honestum;
quae bona, quae mala item, quid inutile, turpe, inhonestum:
virtus, quaerendae finem re scire modumque:
virtus, divitiis pretium persolvere posse:
virtus, id dare, quod re ipsa debetur, honori;
hostem esse atque inimicum hominum morumque malorum,
contra defensorem hominum morumque bonorum,
hos magni facere, his bene velle, his vivere amicum:
commoda praeterea patriai prima putare,
deinde parentum, tertia iam postremaque nostra.

Dass das Leben ein Kampf um das Dasein ist, haben schon die Alten erkannt. Gleich nach der eben citirten Stelle hiess es bei Lucilius:

vis est vita, vides; vis nos facere omnia cogit.

Auch die Griechen brachten „βίος" mit „βία" in Verbindung.

Jener virtus, die Rom gross gemacht hatte, stellt der Satiriker gegenüber der Zeitgenossen massloses Streben nach Reichthum und Genuss (frgm. 4; 5):

nunc vero a mane ad noctem, festo atque profesto,
toto itidem pariterque die populusque patresque
iactare indu foro se omnes, decedere nusquam,
uni se atque eidem studio omnes dedere et arti:
verba dare ut caute possint, pugnare dolose;
blanditia certare, bonum simulare virum se;
insidias facere, ut si hostes sint omnibus omnes.
aurum atque ambitio specimen virtuti' viriquest.
quantum habeas, tantum ipse sies tantique habearis.

Höchst anmuthig ist die Verspottung des T. Albucius, der so sehr sich mit der griechischen Cultur befreundet hatte, dass er sich beinahe schämte Römer zu sein. Als er in Athen verweilte, traf ihn im Jahre 632 der Prätor Q. Mucius Scävola, der sein unrömisches Wesen, seine gekünstelte Redeweise arg verspottete. Es heisst dort (frgm. 9):

Graecum te, Albuci, quam Romanum atque Sabinum,
Municipem Ponti, Tritani, centurionum,
praeclarorum hominum ac primorum signiferumque
maluisti dici. Graece ergo praetor Athenis,
id quod maluisti, te, cum ad me accedi', saluto:
χαῖρε, inquam, Tite! lictores, turma omni' cohorsque;
χαῖρε, Tite, hinc hostis mi Albucius, hinc inimicus!

Und gleich darauf:

quam lepide λέξεις conpostae, ut tesserulae, omnes
arte pavimenti atque emblemati' vermiculati!

Merkwürdig ist ein Fragment des Lucilius, worin er die Trugschlüsse der Sophisten verspottet:

quis hunc currere equum nos atque equitare videmus,
his equitat curritque. oculis equitare videmus;
ergo oculis equitat.

Ich habe nur einen ganz geringen Theil der Fragmente des Lucilius besprochen. Man wird leicht ermessen, welchen reichen Gehalt die übrigen haben, und von dem Erhaltenen auf das Verlorene schliessen.

Die heiteren Schilderungen des römischen Lebens bei Lucilius rufen uns oft die anmuthigsten Stellen aus des Horaz Satiren ins Gedächtniss; wo er mit ernsten Worten die Laster der Zeitgenossen straft, gemahnt uns seine Rede an den fernen Donner, der das nahende Gewitter ankündigt. Nur wenige Jahre nach des Lucilius Tode begannen die Bürgerkriege, die nach einem halben Jahrhundert der römischen Freiheit ein Ende machten.